Lange benen maken

Rom Molemaker

Lange benen maken

Van Holkema & Warendorf

ISBN 978 90 269 1791 2

NUR 283

© 2007 Uitgeverij Van Holkema & Warendorf,
Unieboek BV, Postbus 97, 3990 DB Houten

www.unieboek.nl
www.rommolemaker.nl

Tekst: Rom Molemaker
Omslagontwerp: Ontwerpstudio Bosgra BNO, Baarn
Opmaak binnenwerk: ZetSpiegel, Best

1

Het heeft 's morgens geregend, maar niet zoveel dat het parcours te modderig is geworden. Er hangen druppels aan de late herfstbladeren en tussen de bomen drijft een lichte nevel. Het is windstil. Een perfecte middag om te lopen.

Bij de startstreep verzamelen zich de meisjes D-junioren, eerstejaars, elf of twaalf jaar oud. Honderd meter verderop is Bonne samen met Ismaël en Menno bezig met zijn warming-up. Hij voelt zich goed.

'Ik ben in vorm,' zegt hij. 'Ik voel het.'

'Kun je vandaag misschien een beetje rustiger van start gaan?' vraagt Menno. 'Dat ik het nog een beetje kan bijhouden in het begin?'

'Dat is niet mijn stijl.' Bonne grijnst. 'Zo hard mogelijk weggaan, zo doe ik het altijd.'

'Ik heb een idee,' zegt Ismaël. Hij stopt met zijn armoefeningen. 'Als jij en ik nou met zijn tweeën bij elkaar blijven, dan gaan we hand in hand precies tegelijk over de finish. Als echte vrienden, zal ik maar zeggen.'

Bonne antwoordt niet. Hij kijkt naar het startdoek. Een van de meisjes daar heeft halflang, blond haar met kleine krulletjes. Er gaat een schok door hem heen: Marij, daar staat Marij.

Het komt totaal onverwacht, en het is niet meer dan een lichtflits in zijn gedachten. Het is Marij niet. Dat kan niet, ze kan daar niet zijn. Marij is nergens meer.

'Hallo,' zegt Ismaël. 'Ben je er nog?'

'Wat?' Bonne komt weer terug.

'Hoorde je me niet? Ik had een plan.'

'Ja, wat zei je nou? Samen over de finish?'

'Laat maar zitten.' Ismaël trekt met zijn hand zijn rechter-hak tegen zijn rechterbil aan. 'Het was maar een geintje.'

'Ja, jíj kunt hem nog wel een tijdje bijhouden,' zegt Menno.

'Dat lukt mij voor geen meter.'

Er klinkt een schot, en de D-meisjes gaan van start. Het zijn er ongeveer dertig.

'Kom op, Esther!' roept Ismaël. 'Zet hem op.'

Esther trekt een lang gezicht als ze langskomt. Crossen doet pijn, vooral als ze straks over de helft is. Dat weet ze uit ervaring.

'Als die bij de eerste tien komt, mag ze blij zijn,' zegt Menno.

'Ik gok meer op Mieke.'

Bonne kijkt de meisjes na. Van dichtbij is veel duidelijker te zien dat het meisje met het blonde haar alleen maar een beetje op Marij lijkt.

'Beetje dribbelen, jongens.' Victor, hun trainer bij de atletiek-vereniging Phoenix, komt langs. 'Loop die meiden maar te-gemoet. Kunnen jullie ze aanmoedigen.'

Het is een van de prettigste onderdelen van de middag: ge-woon een licht looppasje, zonder moe te worden. Met de spanning van de komende wedstrijd in je lijf. Ze laveren tussen de mensen bij de finish door en gaan het parcours langs in tegengestelde richting: het laatste lange rechte stuk.

Bonne loopt zwijgend mee. Hij is een beetje in de war. Hij krijgt het beeld van het meisje met de blonde krullen niet uit zijn hoofd.

Witte broek en blauw wedstrijdshirt. Atverni dus. Lange benen, net als Marij.

Alleen, Marij deed helemaal niet aan sport. Ze las, hele dagen. Ze droomde wat af. Ze fantaseerde van alles bij elkaar. Struikelde voortdurend over haar eigen voeten. Ze was anders, en ze was gek. Heel erg leuk gek, dat wel.

'Dat hardlopen van jou, Bonne, kom je dan nog ergens?'
'Ja, bij de finish, natuurlijk.'
'En dat is dezelfde plek als de start?'
'Meestal wel, ja.'
'En als je daar dan bent?'
'Dan ben ik moe.'
'Leuk, sport.'
'Ja, best wel. Zeker als je wint.'

Het is plotseling alsof hij haar stem hoort. Hij kijkt om zich heen, naar het herfstige bos. Ergens achter de nevel zou ze kunnen zijn. Hij schudt even zijn hoofd en loopt verder. Tweehonderd meter voor hem uit komen de eerste meisjes de hoek om, met zijn drieën.
'Ja!' roept Menno. 'Mieke zit er nog bij!'
Bonne, Menno en Ismaël gaan langs het pad staan, naast twee mannen van een andere club. Trainers. Aanmoedigingen klinken in het rond.
'Kom op, Mieke!'
'Je beroemde eindsprint!'
'Lange benen maken, Diana!' roept een van de twee mannen.
Ismaël begint keihard te lachen. Lange benen maken, ja hoor!
Nog meer meisjes komen langs. Esther ligt zevende. Aan haar gezicht te zien heeft ze het bijna gehad, maar ze geeft niet op.
'Hou vol, Esther!' schreeuwt Ismaël haar achterna. 'Grote voeten maken!'
De twee mannen kijken opzij, maar Ismaël staat alleen

7

maar te roepen en te springen. 'Hele grote! Maat drieënveertig!' Bonne en Menno staan er grijnzend naast.

Het meisje met de blonde krullen en het blauwe shirt komt voorbij. Ze is niet bij de eerste vijftien. Het is geen talent. Bonne kijkt haar na. Geen winnaar, maar ze loopt. Ze leeft.

Het is vijf voor halftwee; nog een paar minuten voor de start van de D-jongens. Bonne heeft zijn spikes aangetrokken. Hij is links vooraan gaan staan. Nog geen honderd meter na de start is een bocht naar links. Als hij snel genoeg start, is hij daar als eerste en kan hij de binnenbocht nemen. Wedstrijden bestaan niet alleen uit lopen, maar ook uit nadenken. Een van de uitspraken van Victor.

Aan de andere kant van het pad staat Mieke. Ze is tweede geworden.

'Zet hem op, Bonne!' roept ze.

Bonne steekt zijn duim op en kijkt nog even om zich heen. Er staan zeker veertig jongens aan de start, maar er zijn er niet meer dan een stuk of zes met wie hij te maken gaat krijgen. Het is de derde cross van het seizoen en de eerste van de crosscompetitie en hij kent de meesten van zijn tegenstanders inmiddels al wel. Die kleine rooie van Fit is taai, met die korte pootjes van hem. Die loop je niet zo makkelijk los. En die donkere jongen van Hellas is ook gevaarlijk, al heeft hij niet echt een eindsprint.

Bonne hupt wat op en neer. Hij zoekt oogcontact met Victor, die tien meter verderop staat.

Victor ziet het. 'Wolf,' zegt hij. 'Als een wolf.' Meer niet. Net genoeg. Typisch Victor.

Dan klinkt het startschot en de groep vertrekt. De jongen naast Bonne, iemand van Altis, werkt met zijn armen en is hem voor bij de eerste bocht. Bonne moet even inhouden als hij linksaf gaat. Barst, dat was niet de bedoeling. Na de bocht zoekt hij de rechterkant van het pad, de ruimte. Om zijn eigen passen te maken en zijn ademhaling te regelen. Twee passen in en twee passen uit. En niet stampen, maar licht, licht, licht.

De jongen van Altis neemt een paar meter voorsprong, met een loper van BAV op zijn hielen.

Bonne gaat er niet meteen naartoe. Hij zorgt voor zijn ruimte en bepaalt zelf zijn tempo. Het is jóúw wedstrijd, niet die van hen. Uitspraak van Victor.

Achter hem hoort hij de voetstappen en het gehijg van de anderen. Daar is Ismaël waarschijnlijk ook nog bij. Menno niet. Menno is geen crosser. Die doet alleen maar mee voor de aardigheid. 'Ik word er hard van,' zegt hij. 'Voor de rest niks.'

Altis en BAV lopen een paar meter uit, en er komt nog iemand langs. Het is die kleine van Fit. Bonne kijkt opzij. Dat jochie loopt zo licht als een veertje en hij ziet eruit of hij nooit moe wordt. Bonne zet nog niet aan, daar is het nog te vroeg voor. Hij moet alleen zorgen dat de afstand niet te groot wordt.

Er komt een scherpe bocht naar rechts, met direct daarna een korte maar venijnige klim. Bonne klimt met korte, lichte passen. Dit is een specialiteit van hem. Hij loopt direct in op de anderen. De kleine rooie van Fit kan het ook. Die loopt inmiddels op kop.

De afdaling is langer en minder steil. Bonne gebruikt hem niet om te herstellen, maar hij verlengt zijn passen en gaat in tomeloze vaart omlaag, achter de andere drie aan. Wolf. In zijn hoofd hoort hij de stem van die man langs het parcours: lange benen maken.

Lange benen. Marij. Ze hangt rond in zijn gedachten sinds hij in de verte dat meisje heeft zien staan. Lange benen.

Hij schiet de twee van Altis en BAV voorbij, en dan loopt hij samen met Fit op kop. Hij houdt weer iets in. Een bocht naar links en Bonne kijkt snel achterom. Het gat naar de volgende groep is een meter of twintig. Ismaël is er nog bij. Langs de kant staat een bord met '1200 m'. Ze zijn over de helft.

Het is zo'n dag waarop hij niet moe kan worden, er zijn van die dagen. Het komt door het weer, door de nevel, de vochtigheid in de lucht. Bonne gaat naast de rooie van Fit lopen en kijkt even snel opzij. Hij ziet een vertrokken gezicht, hij ziet inspanning. Hij hoort een onregelmatige ademhaling en Bonne weet dat hij gaat winnen. Maar in het bochtige gedeelte van het parcours dat nu komt, gaat hij weer in het spoor van de ander. Het laatste rechte stuk is lang genoeg. Dat is van hem.

Achter hem hoort hij niets meer, ook Ismaël niet. Niks samen over de finish. Ja, in een trainingsloopje misschien. De hoek om naar het rechte stuk, met in de verte het finishdoek. Het is tijd. Hij zet aan. De jongen van Fit is in een oogwenk verdwenen en Bonne is alleen. Het is stil in zijn hoofd en het voelt alsof hij in de lucht zweeft, terwijl het bos in razende vaart aan hem voorbijvliegt. Ze zullen later tegen hem zeggen dat hij gewoon heeft gelopen. Wel hard, maar toch gewoon gelopen. Dat hij passen heeft gemaakt. Maar zelf weet hij zeker dat hij het hele laatste stuk, de volle driehonderd meter, de grond niet raakt.

In een flits ziet hij Victor en de meiden. Daar is het finishdoek. Hij landt.

2

De sfeer in de auto is soezerig als ze op de terugweg zijn. Ahmida, de broer van Ismaël, zit achter het stuur, met Victor naast hem. Ismaël, Esther en Bonne zitten achterin. 'Ik ben wel tevreden,' zegt Ismaël. 'Vierde, niet slecht.' 'Je hebt goed gelopen.' Victor draait zich half om. 'Jij ook, Bonne. Ook tevreden?' 'Het ging goed.' Bonne knikt. Meer niet. 'Heel bescheiden,' zegt Victor. Hij kijkt weer voor zich. Ismaël begint aan Esther uit te leggen hoe lang je moet wachten met je laatste sprint.

Bonne luistert er nauwelijks naar. Hij kijkt naar buiten, waar het schemerig is geworden. Het is nog steeds mistig. De uitbundigheid van bij de finish is weg. Hij kijkt naar de bomen die voorbijschieten in de schemering, zonder dat hij ze echt ziet.

Het komt door dat meisje van Atverni. Ze heeft zonder het te weten Marij opeens weer heel dichtbij gebracht.

Totaal onverwacht. Er zijn dagen, weken soms, dat hij nauwelijks terugdenkt aan wat er gebeurd is. Er zijn zo veel andere dingen: school en de club. Twee aparte werelden. Op school weten ze niet veel van zijn atletiekvereniging, en andersom ook niet. Maar in allebei die werelden zijn andere kinderen. Verjaardagen en meer vrolijke feesten. Marij is steeds verder op de achtergrond geraakt. Tot op dit moment. Ineens is die vreselijke dag er weer.

De auto was te laat de bocht om gekomen, hoewel hij waar-

11

schijnlijk ook veel te hard reed. Als hij nóg harder had gereden, als hij tien seconden eerder was geweest, had Marij hem zien aankomen. Dan was ze niet overgestoken.

Maar misschien was het Marij die te laat was, en niet de auto. Dat kon ook. Had ze iets gezien, een vlinder of een vogel, waar ze even bij had stilgestaan. Typisch Marij.

Hij was er niet bij geweest. Soms, als hij in de avonden daarna in bed lag en niet kon slapen, had hij geprobeerd zich voor te stellen hoe het zou zijn gegaan als hij er wél bij was geweest.

'Bonne, kijk, een vlinder.'
'Nee, Marij, loop door.'
'Ja maar, kijk dan.'
'Loop door! Er komt...'

Dat kan natuurlijk niet. Als hij erbij was geweest, had hij die auto ook niet gezien voor die de bocht om kwam. Misschien zouden ze dan samen zijn overgestoken. Misschien zouden ze dan samen...

Nee, dat moest hij niet doen! Hij moest aan andere dingen denken. Ervoor zorgen dat Marij weer voor even uit zijn lijf was.

'Dus die man zei: "Lange benen maken,"' zegt Ismaël. 'Snap je?'

'Nee,' zegt Esther. 'Dat snap ik niet.'

'Snap jij het, Victor?'

Victor draait zich weer om. 'Ja, ik wel,' zegt hij. 'Hij bedoelt dat je je moet vóórstellen dat je lange benen hebt. Dat je langere passen kunt maken. Dat wordt dan iets wat in je hoofd zit.'

'Net zoals wolf,' zegt Bonne.

'Precies.'

'Snap je het nou?' zegt Ismaël tegen Esther. 'Lange benen zitten in je hoofd.'
'Ja.' Esther lacht. 'Nou snap ik het.'

Bij de parkeerplaats voor de supermarkt gaan ze uit elkaar. Ze roepen en zwaaien nog wat en dan is Bonne alleen. Het is maar een kilometer of drie fietsen naar het dorp. Hij heeft zijn tas op zijn rug gehesen en fietst in het donker op zijn gemak langs het riviertje de Drift. Het licht van zijn koplamp schijnt op de weg voor hem uit. Het gevoel van de laatste driehonderd meter van de wedstrijd komt nog een keer langs in zijn hoofd. Zo lopen, dat geeft het geweldigste gevoel dat hij kent. Niet voor het eerst fantaseert hij over grote wedstrijden. Wegwedstrijden, marathons. Kilometerslang in de kopgroep lopen, die steeds kleiner wordt. En dan de laatste twee kilometer. De eindsprint. Zeker zijn van de winst.
Vlak bij het dorp is de begraafplaats. Daar is Marij.
Nee, dat is niet waar. Marij is daar niet. Een grijze, gladde steen met haar naam erop, dat is alles.
De wieken van de twee molens van het dorp staan pikzwart afgetekend tegen de donkere lucht. Bonne stopt en stapt af. Tussen de spijlen van het hek door kijkt hij naar de grafstenen vlak bij de ingang. Ze staan of liggen daar maar en noemen namen, zonder geluid.
'Marij,' zegt Bonne nauwelijks hoorbaar. 'Marij.' Hij trekt zijn schouders iets op. Alles is weer terug.

Zijn vader en moeder zijn apetrots op hem.
'Kampioen.' Zijn vader legt een arm om zijn schouders. 'Volgende keer ben ik er weer bij, hoor.'
'Ga gauw douchen,' zegt zijn moeder. 'Je zult wel honger hebben.'

Zijn vader en zijn moeder. Ze waren er natuurlijk voor hem, na Marijs ongeluk. Ze praatten met hem, troostten hem, en ze zeiden na een tijd dat het leven doorging. Dat er een tijd kwam dat je dingen achter je moest laten. Dat het om de toekomst ging.

Hij kijkt naar ze, als ze aan tafel zitten. Ze praten over van alles en nog wat. Het werk van zijn vader, de operatie van zijn opa, een brief van de belastingen, een paar klussen voor de komende week. Ja, zijn vader en moeder denken heel vaak aan de toekomst en aan hun plannen. Plannen voor het huis of voor de tuin. Voor de vakantie of de komende feestdagen. Terugkijken doen ze niet zo vaak. Maar ze zijn er nagenoeg altijd als hij thuis is, een van de twee in ieder geval. En ze zijn bezorgd, al vindt hij dat soms wel lastig. Hij is bijna nooit alleen, ook al is hij enig kind. Waarom voelt hij zich dan soms zo eenzaam? Zoals nu?

'Dus je hebt ze alle hoeken laten zien?' zegt zijn vader, als alles besproken is.

'Zoiets.' Bonne knikt met zijn mond vol.

'Goed, hoor. Dat had ik nou nooit gedacht, een superatleet als zoon.'

Was dat de naam voor het gevoel dat hij had gehad op het laatste rechte stuk? Superatleet? Hij proeft het woord even. Hm, niet slecht.

Die avond zit hij lang in zijn donkere kamer door het open raam naar buiten te staren. Zijn hoofd in zijn handen en zijn ellebogen op de vensterbank. Het is zacht voor de tijd van het jaar. Bij de buren komt iemand de tuin in. Bonne hoort het, maar hij ziet niemand. Marijs moeder? Iemand bij de keukendeur, achter het schuurtje. Gerinkel van flessen. Een kraan loopt.

Bonne leunt uit het raam en kijkt opzij. Het slaapkamer-

raam van de dakkapel is dicht, en het touwtje is allang weg. Marij had een fantastisch systeem ontworpen, met haakjes en oogjes, een eind dun vliegertouw, springveertjes met een hard plastic balletje erop vastgemaakt met secondelijm. Een systeem om bij elkaar op het raam te tikken. Een lijntje waarmee ze aan elkaar vastzaten. Het had er nog een tijd gezeten, maar op een dag was het plotseling weg. Iemand had het ontdekt.
Bij hem zit er alleen nog een oogje in het raamkozijn geschroefd. Het springveertje is gevallen.

'Ben je daar, Bonne?'

Haar stem, in zijn hoofd.

'Ben je daar?'
'Ja.'
'Heb je wel eens een uil gezien?'
'Ja, in de dierentuin.'
'Nee, ik bedoel in het echt.'
'Nee.'
'Uilen vliegen onhoorbaar, wist je dat?'
'Nee, dat wist ik niet.'
'Volgens mij zag ik er net eentje.'
'Het is donker, Marij.'
'Zullen we morgen uilen gaan vangen?'

Typisch Marij, zo'n gesprekje. Met van die onverwachte sprongen in haar gedachten. Net een gems, hoog in de bergen. Alsof dat zo eenvoudig is, uilen vangen.
Maar Bonne zou graag een hele dag tevergeefs met Marij op uilen jagen. Als dat nog zou kunnen. Als ze niet zonder geluid was weggevlogen.

Bij de buren gaat de keukendeur dicht en het is weer stil. Bonne is daar sinds het ongeluk precies één keer geweest. Dat was vreselijk. Hij had niet geweten wat hij moest zeggen. Marijs moeder had hem nog even op de kamer van Marij gelaten, en dat was nog het allerergst. Alles was er: haar bureautje, haar bed, haar kleuren, haar knuffels en haar posters. Alles, behalve zij zelf. Hij had radeloos om zich heen gekeken en was de kamer en het huis uit gevlucht, zijn tranen met moeite binnenhoudend tot hij buiten was. Echt het verschrikkelijkste wat er was: dat ze elk moment haar kamer kon binnenkomen zonder dat dat kon.

Het enige wat hij zo nu en dan doet is vanuit zijn kamer naar haar dichte raam kijken, zoals nu. Soms lijkt het of het raam beweegt, of het heel voorzichtig op een kiertje wordt gezet. Zoals nu. Gezichtsbedrog.

3

In de hoek van het schoolplein staat een klein beeldje. Het stelt een meisje voor dat omhoogkijkt. Op het voetstuk staat een naam: Marij Rubens. Een halfjaar na het ongeluk is het er neergezet. Soms liggen er bloemen bij, een tekening of een knuffel.

Deze morgen ligt er niets, ziet Bonne als hij ernaartoe loopt. Dat doet hij lang niet elke dag. Er gaan soms weken voorbij zonder dat hij ernaar kijkt. Zonder dat hij echt aan haar denkt. En als hij het beeldje dan na een tijd weer ziet staan, krijgt hij bijna een schuldgevoel. Vergeet hij haar? Nu al?

Vandaag gaat hij erheen, als vanzelf.

Hij kijkt naar het beeldje. Het lijkt niet echt op haar, maar toch is ze het, op de een of andere manier. Vanmorgen wel tenminste. Ze staat daar en kijkt omhoog, naar iets of iemand. Naar de vogels die overvliegen, of naar de blauwe lucht.

'Bonne!' Een stem roept hem. 'Meidenpakkertje?'

Ja, meidenpakkertje, dat moet ook gebeuren. Hij is er snel genoeg voor. Even later stuift hij over het plein en zijn eenzaamheid verdwijnt als sneeuw voor de zon.

Als een paar minuten later de bel is gegaan, gaat Bonne als een van de laatsten naar binnen. Bij de deur kijkt hij nog even om. Daar staat ze, klein en bewegingloos. Van steen.

Hij neemt zich voor om iets bij haar neer te leggen morgen. Hij weet alleen nog niet wat.

'Veiligheid,' zegt meester Robbert, als ze allemaal zitten. 'Veiligheid is heel belangrijk.' Hij kijkt rond of er soms iemand is die het niet met hem eens is, maar de hele groep zit hem braaf aan te kijken. Veiligheid is belangrijk, zeker weten. Het is niet iets waar je zomaar elke dag aan denkt, maar toch. Nee, niemand spreekt meester Robbert tegen.

'Goed,' gaat hij verder. 'Vanaf vandaag gaan we het op school met groep zes, zeven en acht een week lang over veiligheid hebben. En groep acht gaat het vooral hebben over de politiek.'

'Politiek, saai,' zegt Maina. 'Wat is daar nou aan?'

'Politiek is belangrijk.' Meester Robbert doet zijn armen over elkaar. 'De politiek kan zorgen voor onze veiligheid. Weet iemand hoe?'

Ze kijken elkaar aan. Niemand weet hoe. Ze denken nooit zo na over politiek.

'Denk eens aan terrorisme.' Meester Robbert houdt vol.

'Oh, dat.' Daar weten ze van. Maar wat ze daarmee moeten?

'Of de veiligheid op straat. Geweldpleging.'

'Maar wat gaan we dan doen?' vraagt Maina.

'Geweld plegen,' zegt Koen. De grappenmaker van de klas. Meester Robbert schudt zijn hoofd. 'Even serieus, jongens. Bedenk nog eens iets wat de politiek kan doen aan de veiligheid.'

Het blijft een tijdje stil.

'Ik geloof niet dat ik het een leuk onderwerp vind.' Maina weer. 'Ik kan niks bedenken, hoor.'

'Drempels,' zegt Bonne.

'Hè?' Ze kijkt hem verbaasd aan. 'Drempels, waarvoor?'

'Ik bedoel verkeersdrempels.'

'Verkeersveiligheid is voor groep zeven,' zegt meester Robbert.

'Als er in het dorp drempels hadden gelegen, had Marij nog

geleefd.' Bonnes stem is hard en toonloos. Er zit opeens een brok in zijn keel.

Het wás al stil, maar nu kun je de stilte bijna aanraken. Het lijkt wel of iedereen zich schaamt, omdat ze Marij zijn vergeten.

'Kijk, dat gaat tenminste ergens over,' zegt Maina dan. Ze knikt zo nadrukkelijk met haar hoofd dat sommigen in de lach schieten, zelfs Bonne heel even.

Meester Robbert heeft een beetje een rood hoofd gekregen. Hij kijkt nadenkend naar Bonne, en zucht dan even, bijna onmerkbaar.

'Op zich is dat van die drempels geen slecht idee,' zegt hij dan. 'Ik zal het aan juf Heleen doorgeven, goed Bonne?'

Bonne knikt. De brok in zijn keel is er nog.

'Mooi.' Nog één blik in Bonnes richting. 'En nu krijgen jullie allemaal een blaadje, waar jullie op moeten schrijven waaraan je denkt bij veiligheid en onveiligheid, en wat eraan gedaan zou kunnen worden. Schrijf maar op wat je te binnen schiet. Daarna gaan we samen uitkiezen waar we het verder over zullen hebben.' Hij deelt de blaadjes uit en even later is het weer stil.

'Michael!' Bonne roept hem als hij hem na schooltijd op het plein ziet lopen. Michael zit in groep zeven. Samen met nog een paar jongens loopt hij voor Bonne uit. Als hij hem hoort, kijkt hij om.

'Wat?' Hij blijft staan en wacht tot Bonne bij hem is.

'Jullie hebben het over veiligheid deze week, toch?' zegt Bonne.

'Ja, saai man. Veilig verkeer, geen bal aan.'

'Voorrang en zo, zeker.'

'Eerst naar links, dan naar rechts en dan weer naar links.'

'Maximumsnelheid, dat ook?'

'Wij rijden nog geen auto, dus.'

'En drempels, wat dacht je daarvan?'

'Drempels?'

'Verkeersdrempels, in de grote weg door het dorp.'

'Och...'

'Dáár moeten jullie het over hebben. En dan actievoeren.'

'Wat voor actie?'

'Nou, spandoeken maken, de straat bezetten, zodat er geen verkeer meer door kan.'

'Ja!' Michael begint enthousiast te worden. 'En dan de krant erbij halen,' zegt hij.

'Zoiets. Of de televisie,' zegt Bonne.

'Goed idee, Bonne.' Michael ziet het opeens helemaal zitten. Hij slaat Bonne op zijn schouder. 'Dát gaan we doen. Dat is nog eens wat anders dan verkeersregeltjes.' Hij kijkt om. 'Hé, wacht even!' Op een holletje gaat hij achter zijn klasgenoten aan, terwijl Bonne hem tevreden nakijkt.

4

Als Bonne naar huis loopt, ziet hij Eddie, Marijs broertje, een eindje voor hem uit lopen. Edje, zei Marij altijd. Edje Petje. Edje Kadetje. Edje Poppelepetje. Ze had een hele voorraad van dat soort namen. Eddie zit in groep vier. Als Bonne hem ziet, bij huis of op school, is er aan Eddie niets te zien. Hij speelt, hij rent in de rondte, hij loopt te lachen op het plein. Ook nu.

Bonne kijkt naar hem, terwijl hij hem inhaalt. Eddie is gewoon doorgegaan met leven, en Bonne heeft hem niet verdrietig gezien, behalve op de begrafenis, toen Eddie vlak voor hem zat, tussen zijn vader en zijn moeder in. Toen hij huilde hadden ze allebei een arm om zijn schouders gelegd.

Maar nu is er niets meer aan hem te merken, al tijden niet. Gek, denkt Bonne, totdat opeens tot hem doordringt dat het met hem hetzelfde is. Alles is gewoon weer doorgegaan. Ademhalen, eten, naar school gaan, op schoolreisje, op vakantie. En hardlopen, dat vooral, natuurlijk. Hij had niet gedacht dat het kon, maar hij heeft Marij achter zich gelaten, steeds verder.

Dacht hij.

Bonne ziet hoe goed Eddie uitkijkt bij het oversteken. Meer dan een halfjaar is Eddie door zijn vader of zijn moeder naar school gebracht, hoewel de route kort en behoorlijk veilig is. Niet meer dan twee keer oversteken bij zijstraten waar heel weinig verkeer uit komt. Maar ze waren bang.

Misschien waren ze wel gaan denken dat de auto's het speciaal op hun kinderen gemunt hadden. Zijn eigen moeder heeft dat bij vlagen ook. Dan gaat het over gevaar, over goed uitkijken, en links van de weg lopen als hij buiten het dorp is.

Eddie gaat inmiddels meestal alleen naar school. Geen grote zus meer.

'Ha, Eddie,' zegt Bonne, als hij hem heeft ingehaald. 'Gaatie?'

'Ik ben over twee nachtjes slapen jarig,' zegt Eddie. 'En ik weet al wat ik krijg.'

'Wat dan?'

'Een nieuwe fiets.'

'Nou, Eddie, dat is niet gek, jongen.'

'Ik wou eigenlijk een skateboard.' Eddie hijst zijn rugzak een stukje op. 'Maar dat mag ik niet. Te gevaarlijk.'

'Dat is ook zo,' zegt Bonne. 'Daar moet je misschien iets groter voor zijn. Ik heb zelf ook geen skateboard.'

'Ik ga ervoor sparen,' zegt Eddie. 'Dan koop ik er zelf een. Hoi.' Hij gaat de tuin van zijn huis in en klopt op het raam. Zijn moeder doet de deur open, en Eddie zwaait nog even naar Bonne.

Edje Fretje. Edje Pierelepetje.

Bonne gaat nog niet naar huis. Het is woensdag en de hele middag ligt voor hem. Hij loopt verder, het dorp weer uit, langs de Drift. In een bocht van het riviertje staat een houten bank. Een beetje scheefgezakt, want hij staat er al een hele tijd. Het was hún bank, van Marij en hem. En het was hún riviertje. Waar ze hun zelfgebouwde bootjes lieten varen. Waarin ze hun voeten konden afkoelen. Waarin ze de wolken weerspiegeld zagen. Waar ze kleine beestjes over het water konden zien lopen.

Ze hebben hun namen in de bank gekrast, al is daar niet

veel meer van te zien. Bonne kijkt naar de verbleekte letters die een beetje scheef onder elkaar staan. Marij had het vaak over namen.

Bonne gooit een paar grassprietjes in het water. Ze draaien rond, kijken even om zich heen, en gaan dan op weg, met de stroom mee. Hij kijkt ze na als ze achter het riet verdwijnen.

'Hier heb je een plankje, Bonne. Daar moet je je naam in zetten.'
'Waarmee?'
'Met een mes. Hier.'
'Waarom is dat dan?'
'Dat ben jij zelf, je naam. Je moet het in het water leggen, en dan vaar je met de stroom mee tot aan de grote rivier. En daarna verder natuurlijk, naar de zee. Naar de oceaan.'
'En dan?'
'Dan spoel je aan de overkant aan. Na een halfjaar ongeveer, denk ik.'
'En dan?'
'Op een dag loopt er iemand daar op het strand, en die vindt jouw plankje. "Hm, Bonne," zegt hij dan, als hij je naam leest. "Wie zou dat zijn?" En een paar meter verder vindt hij nóg een plankje, met "Marij" erop. "Die zijn samen de zee overgestoken," zegt die man. "Die horen natuurlijk bij elkaar."'
'Dus jij denkt dat ze de hele tijd bij elkaar blijven.'
'Ja, natuurlijk. Waarom niet?'

Bonne trekt een schoen en een sok uit. Hij steekt voorzichtig een voet in het water en huivert.
'Te koud, hè?'
Bonne schrikt en kijkt om. Er staat een jongen achter hem. Hij heeft hem niet horen aankomen.
'Het water, bedoel ik,' zegt de jongen. 'Te koud.'

Bonne voelt zich betrapt, wat natuurlijk raar is. Hij mag net zo vaak zijn tenen in het water steken als hij wil. Of grassprietjes in de rivier gooien.

'Ik kom erbij zitten, goed?' De jongen wacht niet op antwoord, maar gaat naast Bonne op de bank zitten. Bonne kijkt opzij. Hij ziet iemand met nogal lang, zwart haar en donkere ogen. Hij kent hem ergens van, maar het schiet hem niet te binnen wáárvan.

'Jij bent Bonne, ja toch?'

Bonne zegt even niets, omdat hij verbaasd is. Weet die jongen wie hij is?

'Ik heb je zien winnen zaterdag. Je was goed, man. Echt perfect.'

Zaterdag, de wedstrijd. En dan weet Bonne het: hij kent hem van atletiek. Niet uit zijn groep, maar ouder. B-junioren, of A-junioren misschien.

'Jij zegt ook niet veel, hè?'

'Sorry.' Bonne krijgt een rood hoofd. 'Ik zat te denken waar ik je van kende. Maar nu weet ik het. Jij zit ook op Phoenix.'

'Ik heet Geert.' De jongen geeft Bonne een hand. 'Ik had al gelopen toen jij nog moest. Bij de B-junioren.'

'Gewonnen?'

'Nee.' Geert lacht. 'Ik win haast nooit. Ik kan alles aardig goed, maar niet goed genoeg om eerste te worden. Maar met jou ligt het anders. Jij bent een looptalent.'

'Och.' Het is een beetje stom om te zeggen dat Geert gelijk heeft, maar het is wel zo, natuurlijk.

'Ik ga voor de meerkampen,' zegt Geert. Hij zit op zijn gemak op de bank, een beetje onderuit, met zijn benen gestrekt en zijn voeten over elkaar. 'Daar ligt mijn toekomst: bij de tienkamp.'

'Nederlands kampioen,' zegt Bonne.

'Europees kampioen, zul je bedoelen.'

'Of wereldkampioen.'

'Minstens.'

'Olympische Spelen.' Bonne probeert zijn sok weer over zijn natte voet te trekken. 'Ik zie het wel tegen die tijd, op televisie.'

'Op televisie? Jij bent er dan ook, hoor. In de finale van de vijfduizend meter.'

'Denk je?'

'Zeker weten.'

Ze lachen allebei. Meedoen aan de Olympische Spelen is niet meer dan een droom, maar erover fantaseren is niet moeilijk.

5

'Dus jij woont hier in het dorp,' zegt Geert.

Bonne knikt en wappert met zijn hand zo'n beetje in de richting van zijn huis. 'Ja,' zegt hij. 'En jij?'

'Ik ook, sinds een paar weken. We zijn verhuisd naar het huis van mijn opa. Hij is dood en het huis stond al een tijdje leeg. En nu wonen wij er. Het staat in de Zilversparlaan.'

'En je oma?' vraagt Bonne.

'Die leeft al een hele tijd niet meer.'

'Oh.' Bonne denkt aan zijn eigen oma's en opa's. Ze leven alle vier nog en ze gaan nog lang niet dood. Daar denkt hij niet eens over na.

Ze zeggen allebei even niets en dat voelt helemaal niet ongemakkelijk. Ze zitten gewoon naast elkaar en kijken naar het water, waar allerlei kleine dingetjes voorbijdrijven naar de grote rivier. Naar de zee, de oceaan. Naar de overkant.

Bonne zucht heel even. Geert kijkt opzij, maar zegt niets. Het water glinstert en het riet beweegt in de wind.

'Ga jij wel eens trainen?' vraagt Geert dan.

'Ja, natuurlijk. Twee keer in de week, soms drie keer. Jij toch ook?'

'Ik bedoel niet met de club, maar alleen. Duurtraining.'

'Soms. Ik heb niet altijd zin om alleen te gaan.'

'Waar loop je dan? Hier, op de weg?'

'Nee.' Bonne schudt zijn hoofd. 'Mijn ouders willen niet dat ik dat doe. Dat vinden ze te gevaarlijk. Vooral nadat...'

Dan stopt hij. Hij praat bijna nooit over Marij. Hij wil niet óver haar praten, hij wil mét haar praten.

'We zouden samen kunnen gaan lopen.' Geert vraagt niet waarom Bonne midden in zijn zin is gestopt. 'Niet op de weg, maar in het bos.'

Bonne denkt na over het idee. Hij is een paar jaar jonger dan Geert en hij kent hem nauwelijks. Toch knikt hij, als vanzelf.

'Goed idee,' zegt hij. 'Wanneer?'

'Waarom vanmiddag niet?'

Ja, waarom vanmiddag niet?

'Over een halfuur,' zegt Bonne. 'Waar spreken we af? Hier?'

'Oké.' Geert slaat Bonne op zijn schouder, en ze lopen samen terug naar het dorp.

'Hier woon ik,' zegt Bonne, als ze bij zijn huis zijn aangekomen. 'Halfuurtje dus.'

'Bij de bank,' zegt Geert. 'Tot zo, talent.'

'Medaillewinnaar.'

Het heeft even tijd gekost omdat Bonne zijn moeder ervan moest overtuigen dat hij echt naar het bos ging om te lopen. Ze had opeens weer een aanval van bezorgdheid.

'Wat doe je nou moeilijk,' had Bonne gezegd. 'Ik ga toch wel vaker naar het bos?'

'Jawel, maar als je aan het hardlopen bent, let je minder op, dat is logisch.'

'Ik ga ín het bos hardlopen, mam. Niet ernaartoe. In het bos rijden geen auto's.'

'En wie is die jongen dan, over wie je het hebt?'

'Dat is iemand van Phoenix. Hij is een stuk ouder dan ik, en dus ook verstandiger. Laat me nou.'

'Ik ben alleen maar bezorgd.'

'Dat bedoel ik.'

Natuurlijk heeft ze het goed met hem voor, maar soms is het zo irritant. Hij is geen klein kind meer, en volgend jaar moet hij trouwens naar de brugklas, op de fiets. En hij mag ook alleen op de fiets naar atletiek, dus hij begrijpt het niet. Ze is ook niet altijd zo, bedenkt hij als hij de trap op loopt naar zijn kamer. Soms een tijd niet, en dan steekt het opeens de kop weer op.

Hij pakt zijn trainingspak en zijn loopschoenen uit de kast. Lekker, lopen.

Terwijl hij zijn trainingsjack aantrekt, valt zijn oog op de foto van Marij die in een zilveren lijstje aan de muur hangt. Ze staat er mooi op, vrolijk. Haar blonde krullen in de wind. De foto is aan zee genomen, en ze staat boven op een duin. Marijs moeder heeft hem aan Bonne gegeven. Eerst had hij hem op zijn bureautje gezet, maar hij kon er niet naar kijken zonder radeloos te worden van verdriet. Toen had hij hem ondersteboven op een plank in zijn kast gelegd.

'Zet die foto toch neer, Bonne,' had zijn moeder gezegd. 'Je mag best verdrietig zijn.'

'Hou op!'

'Maar, Bonne...'

'Hou op, zeg ik toch!'

Hij wilde niet dat iemand zich met Marij en hem bemoeide, zelfs zijn moeder niet. Niemand kon snappen wat Marij en hij hadden. Hij begreep het zelf soms niet. Hij wist alleen dat het voorbij was en dat hij dat niet wilde, niet wilde, niet wilde!

Dat was toen. Na een tijd heeft hij de foto weer tevoorschijn gehaald. Toen het weer wat rustiger was geworden vanbinnen. En nu hangt het lijstje met de foto aan de muur. Elke keer dat hij ernaar kijkt, doet het even pijn, maar hij kan er nu beter tegen. Het is zoals het is, al kan hij soms nog steeds niet geloven dat ze niet meer terugkomt.

Hij schudt zijn hoofd en zucht, terwijl hij zich bukt om zijn veters te strikken.

Als Bonne naar de bank in de bocht van de Drift loopt, ziet hij dat Geert er al is. Niks trainingspak, gewoon een ruime joggingbroek en een grijze sweater.
'Daar was ik dan,' zegt Bonne. 'Zullen we?'
'Weet je een goeie route?' Geert staat op. 'Met een klimmetje erin, of zo?'
'Ja, ik weet wel wat,' zegt Bonne, terwijl ze, links van de weg, in de richting van het bos wandelen. 'Er is een trimparcours uitgezet met een paar heuveltjes erin. Er is bijna nooit iemand.'
'Mooi,' zegt Geert. 'Ik heb er echt zin in. Ik hoop dat ik je kan bijhouden.'
'Dat zal wel meevallen.' Bonne lacht. 'Je bent zeker drie jaar ouder dan ik.'
'Dat zegt niet altijd wat. En trouwens: je hebt lopers en échte lopers.'
'Hé,' zegt Bonne. 'Dat zegt Victor ook.'
'Daar heb ik het van. Victor is mijn neef, wist je dat niet?'
Een auto toetert, en ze gaan achter elkaar lopen. Als de auto hen in grote vaart passeert, roept de bestuurder iets door het geopende portierraampje. Een hand met opgestoken middelvinger wordt naar buiten gestoken.
'Als je maar in een Mercedes rijdt,' zegt Geert. 'Dan gaat iedereen voor je aan de kant, natuurlijk.'
'Ja.' Bonne kijkt de auto na, die een eindje verderop de bocht om scheurt. 'Ze zouden iedereen die zo hard rijdt meteen uit zijn auto moeten sleuren.' Een vlaag van woede trekt door hem heen en blijft even hangen. Hij kijkt nog eens achterom, maar achter hen is de weg weer leeg. Hij zoekt het uiterste randje van de weg op.

Als ze in het bos zijn, zien ze op het parkeerplaatsje bij het begin van het trimparcours de Mercedes staan, leeg. Niemand in de buurt.

'Zul je zien dat ze nog aan het hardlopen zijn ook.' Geert bukt zich om zijn veters strakker aan te trekken. 'Nou ja, boeien. Daar gaan we dan.'

Ze gaan in een rustig looppasje het bospad op. Eerst warm worden, en daarna oefeningen.

'Hierin?' vraagt Geert, bij een smal zijpad.

'Nee, dat loopt dood.'

'Zeker weten?'

'Ja, dat zeg ik toch!' Bonnes antwoord klinkt kortaf, zonder dat hij het echt zo bedoelt. Dat zijpaadje is van hem. Aan het eind ervan moet je je door een stel taaie doornstruiken heen worstelen, en dan kom je bij het fort dat Marij en hij gebouwd hebben. Eerst de scherpe stekels en dan ben je er. Niemand komt daar en het staat er nog steeds. Het begint te verzakken, maar dat komt door de tijd. Ze hebben het gebouwd van dikke takken, omgevallen boompjes en planken die ze van thuis hebben meegenomen. Soms gaat Bonne er nog wel eens heen, maar altijd als hij alleen is. En ook niet te vaak. Het is de enige plek waar ze nog een beetje in de buurt is. Maar als hij er is, weet hij ook weer wat het is om eenzaam te zijn.

'Er staan alleen maar doornstruiken,' zegt hij verontschuldigend. 'Daar kom je haast niet doorheen.' Hij wijst voor zich uit. 'De heuveltjes zijn daar.'

'Oké,' zegt Geert. 'Ik vroeg het alleen maar.'

6

Het is stil om hen heen. Maar weinig mensen komen hier: het bos is vervallen en niet zo goed onderhouden.

Ze stoppen om wat oefeningen te doen.

'Lekker rustig hier,' zegt Geert. 'Dat moeten we vaker doen. Ik was hier nog niet geweest, zie je.' Ze draaien rondjes met hun hoofd om de spieren in hun nek en schouders soepeler te maken. 'Ben je trouwens al lang lid van Phoenix?'

'Een halfjaar,' zegt Bonne. 'Ik zat eerst op voetbal, maar daar kon ik niet veel van. En jij?'

'Ik kom uit Amsterdam. Daar was ik lid van AAC. Grote club.' Ze zwaaien hun armen rond.

Dan komen er een man en een vrouw de bocht om. Ze dragen trainingspakken, knalblauw met brede, witte strepen. Ze zijn allebei te dik en hun voeten ploffen bij elke stap dreunend op de grond. Hun hoofden zijn zo rood dat ze bijna licht geven. De vrouw heeft geen energie meer om op te kijken, maar de man kijkt vuil naar de twee jongens. Hij en de vrouw zijn op weg naar het eerste heuveltje.

'Dat zijn ze,' fluistert Bonne. 'Van die Mercedes.'

Geert kijkt ze na. 'Die halen de top niet,' zegt hij. 'Kom.'

Ze lopen in een rustig tempo achter de man en de vrouw aan, maar ondanks dat komen ze snel dichterbij.

Een meter of twintig voor de top staan de blauwe trainingspakken stil. De vrouw staat voorovergebogen met haar handen op haar knieën en de man staat nog rechtop, maar zwaar hijgend naast haar. Een roker, zo te horen.

'Gisteren nog die film gezien?' zegt Geert, als ze vlakbij zijn. 'Over die nijlpaarden?'

'Ja.' Bonne knikt enthousiast. 'Op Discovery. Wat een beesten, hè!'

'Dat die nog vooruitkomen. Onbegrijpelijk.'

Ze lopen in hetzelfde tempo door. De man roept ze nog wat na, maar zijn woorden gaan over in een rochelende hoestbui. Op dat moment zijn Bonne en Geert al over de top heen.

Een paar honderd meter verder is een helling met los zand. 'Kijk,' zegt Geert. 'Dat is nou een helling voor de echte bikkels. Weet je wat we doen?'

'Ertegenop, natuurlijk.' Bonne gaat al. Met lichte, korte stappen neemt hij schijnbaar moeiteloos de helling.

'Dat was een makkie,' zegt Geert, als Bonne weer beneden is. 'Maar nu op volle snelheid en dan ontspannen omlaag. In totaal tien keer. En ik hou je bij, al val ik erbij neer. Oké?'

'Oké.'

Zij aan zij bestormen ze de heuvel. De dribbel omlaag is om te herstellen. Geert mag dan wel geen winnaar zijn, toch houdt hij Bonne een hele tijd bij. Pas in de voorlaatste klim moet hij achterblijven. Bij Bonnes laatste afdaling komen ze elkaar halverwege tegen.

'Kapot,' weet Geert met moeite uit te brengen. Hij valt er nog net niet bij neer.

Ze zitten samen op een omgevallen boomstam.

'Je bent echt goed,' zegt Geert, als hij weer een beetje op adem is gekomen. 'Die crosscompetitie is voor jou, man.'

'Nou, de finale heb ik nog zomaar niet gewonnen.' Bonne mikt met dennenappels op een boom. 'Daar doen veel meer snelle lopers aan mee.'

Over het pad komen de blauwe trainingspakken weer aansjokken. Als de man hen ziet, stopt hij en hij komt naar hen toe.

'Wat was dat?' zegt hij dreigend. 'Wat had je nou over nijlpaarden?'

'Toe, John,' zegt de vrouw vanaf het pad. 'Laat ze nou.'

De man luistert niet naar haar. 'Nou?' zegt hij. 'Durf het nog eens. Wat nou, nijlpaarden!'

'Het kwam opeens in me op.' Geert is gaan staan, en Bonne dus ook maar.

'Klerejong.' De man opent en sluit zijn handen. 'Moet je een klap op je bek hebben soms?'

'Nee,' zegt Geert. 'Dat niet.' Hij kijkt de man recht aan.

'John, laat ze.' De vrouw is op het pad blijven staan.

'Sportjongetjes.' De man spuugt op de grond. 'Praatjes genoeg, maar een beetje respect kan er niet af.' Hij keert zich om en gaat terug naar het pad. Sjokt verder met zijn vrouw. Twee lelijke, knalblauwe vlekken in het bos.

'Moet hij het nodig over hebben,' zegt Bonne, 'over respect.'

'Met zijn grote waffel en zijn dikke auto.' Geert knikt.

'Met zijn vette reet. Was je niet bang dat hij echt ging slaan?'

'Dat zijn alleen maar woorden. Hij blaft, maar hij bijt niet,' zegt Geert. Hij schudt zijn benen los. 'Ben je trouwens al uitgerust?'

'Was ík moe dan?'

'Pas maar op dat je niet naast je schoenen gaat lopen, mannetje.'

In een kalm tempo gaan ze verder, niet achter de blauwe pakken aan, maar de andere kant op. Ze hoeven de problemen nu ook weer niet op te zoeken. Maar als ze terug zijn bij de parkeerplaats, staat de Mercedes er nog steeds.

'Ze zijn er nog.' Bonne kijkt om zich heen, maar alles is bruin of groen.

'Maakt niet uit,' zegt Geert. 'Hoe lang is het hele parcours precies?'

'Staat op dat bord.' Bonne wijst. 'Drie kilometer.'

'Gewoon de gele pijlen volgen, toch?'

'Je ziet het vanzelf.'

'Goed.' Geert haalt een paar keer diep adem. 'Zullen we nog één keer het hele rondje lopen? Ieder in zijn eigen tempo.'

Daar is Bonne wel voor te porren. Korte stukjes, sprinten, klimmetjes en oefeningen is allemaal leuk en aardig, maar lange afstanden, dat is pas lopen.

'We wachten hier op elkaar.'

'En als we die bolle tegenkomen?' zegt Bonne. 'Wat dan?'

'Dan niks. Die lopen we er toch makkelijk uit.'

In het begin lopen ze samen op, maar op het eerste klimmetje blijft Geert achter en dan loopt Bonne alleen. Hij gaat niet voluit, maar let op zijn techniek. Zijn passen en zijn ademhaling. Het gaat lekker, bijna als vanzelf. Het bos is vol zuurstof, vol energie, en het lijkt wel of het allemaal voor hem is. Nou goed, ook nog wat voor Geert, natuurlijk. De heuveltjes doen hem niets – korte passen omhoog en lange passen omlaag – en achter hem is het al een tijdje stil. Als hij in de verte het parkeerplaatsje weer ziet, ziet hij ook opeens één blauw trainingspak voor zich op het pad. Is het de man of de vrouw?

Het is de vrouw, want direct daarna ziet Bonne de man uit een zijpad komen. Hij schrikt. Dat is het paadje naar zijn fort. Hoe komt die man daar? Per ongeluk? Verdwaald?

Als Bonne bij het zijpad is aangekomen, gaat hij, alsof hij een voorgevoel heeft, linksaf. Hij werkt zich voorzichtig door de doornstruiken heen.

Daar staat hun bouwwerk. Bonne loopt eromheen. Het begint te verzakken, maar het is nog stevig genoeg. Er lijkt eerst niets aan de hand. Maar als Bonne achter het fort is, ziet hij het: daar ligt een vette, dampende drol, naast een paar besmeurde papieren zakdoekjes. Hij staat er een paar seconden zwijgend en verbijsterd naar te kijken, en dan wordt hij kwaad. Razend wordt hij. Woest draait hij zich om en hij stort zich in de struiken, zonder te letten op de scherpe stekels. Hij sprint het zijpad af. Tussen hem en de parkeerplaats loopt Geert, die al voorbijgekomen was. Bonne rent achter hem aan. Maar als hij bij de parkeer-plaats is, ziet hij de Mercedes net de weg opdraaien. 'Viezerik!' schreeuwt hij. 'Vuile, gore viezerik! Ga thuis zit-ten schijten!' Hij bukt zich en pakt een paar stukken hout op. Hij gooit ze de auto achterna, maar het is niet meer dan een gebaar. De auto is al veel te ver. Als in een waas ziet hij hem wegrijden.

7

'Wat is er gebeurd?' Geert is naast Bonne komen staan.
'Hebben ze je iets gedaan?' Zijn stem klinkt ongerust.
'De vuile vieze klootzak. Hij heeft...' Bonne veegt met een
wild gebaar de tranen uit zijn ogen. Hij gaat niet verder,
maar hij draait zich om en loopt het pad weer op.
'Hé, Bonne.' Geert loopt hem achterna. 'Wat is er nou, man?'
Bonne antwoordt niet. Met grote passen gaat hij rechtsaf
het zijpad in. In zijn gedachten ziet hij beelden van die
man, die zijn blauwe broek van zijn dikke billen stroopt.
Heftig schudt hij zijn hoofd. Weg ermee! Weg met die vette
bolle aso! Viezerik! Hij likt aan een schram op de rug van
zijn hand, terwijl hij, iets behoedzamer dan daarnet, de
takken van de struiken opzij duwt. Hij merkt niet eens dat
Geert hem nog steeds volgt.
Als hij achter het fort is, graait hij bladeren, oud hout en
aarde bij elkaar en gooit het allemaal met handen vol over
de stinkende smurrie en de vieze zakdoekjes. Ook als er al
lang niets meer van te zien is, gaat hij door, totdat er een
berg aarde overheen ligt. Hij dekt alles af met nog wat hout
en bladeren. Dan stopt hij.
Geert heeft al die tijd niets gezegd, hij staat alleen maar te
kijken.
'Zo,' zegt Bonne ten slotte hijgend. 'Dat is weg.'
'Wat was dat?' Geert kijkt naar het fort en naar de berg
aarde ernaast. 'Wat lag daar?'
'Hij heeft hier zitten kakken, die smeerlap.'

'Bij je hut, bedoel je?'

'Hij was van ons.'

'Ons?'

'Ja.' Bonne aarzelt. 'Van mij en Marij,' zegt hij dan.

'Die ken ik niet. Wie is dat?'

'Marij is dood.' Bonne zegt het plompverloren en het klinkt bijna onverschillig. Maar zijn woede zit nog vlak onder de oppervlakte. Die vetbol heeft echt helemaal de verkeerde plek uitgezocht.

'Kom nou maar,' zegt Geert. 'Ben je klaar hier?'

'Ja, ik geloof het wel.' Bonne knikt.

'Laten we gaan. Dan gebruiken we het wandelingetje terug als cooling down, oké?'

Bonne knikt weer. Hij wordt geleidelijk aan weer rustig, al verdwijnt zijn boosheid niet.

'We gaan even zitten,' zegt Geert, als ze bij de bank in de bocht van de Drift zijn. Hij voegt de daad bij het woord.

Bonne blijft even staan, maar dan gaat hij naast hem zitten, met zijn armen over elkaar en een rimpel tussen zijn wenkbrauwen. Hij zucht.

'Wie was Marij?' vraagt Geert. 'Je zus?'

Bonne schudt zijn hoofd.

'Wil je er niet over praten?'

Bonne wil nee zeggen, maar er is iets met Geert dat hem doet aarzelen. Zo gek: hij kent hem nog geen dag, maar het voelt heel vertrouwd om hier naast hem op de bank te zitten. Hij kijkt naar het langsstromende water. Een paar afgevallen bladeren drijven voorbij.

'Ze woonde naast me,' zegt hij dan opeens. 'Ze was mijn...'

'Je vriendinnetje?'

Bonne denkt aan de foto. Haar lach, haar blonde krullen en de zee. Hij houdt met moeite zijn tranen binnen.

'Wat is er gebeurd? Was ze ziek?'

'Een ongeluk, met een auto.'
'Vandaar. Shit, man.'
'Ja.'
Ja, dat is het. Het is verdrietig en verschrikkelijk, maar het is vooral gewoon shit. Dat het zomaar gebeurd is, zonder dat hij het heeft zien aankomen, laat staan dat hij het heeft kunnen tegenhouden. In één seconde...
'Hadden jullie die hut samen gebouwd?'
'Het was helemaal niet makkelijk. Hij zakte in het begin een paar keer in, omdat het dak te zwaar was. We hebben er bijna een halfjaar over gedaan.'
'Ja, dan begrijp ik het wel.'
Het gesprek stokt even. Bonne denkt terug aan hoe ze hebben gezwoegd om het allemaal voor elkaar te krijgen. Soms kwaad op elkaar omdat er weer iets fout ging, en soms helemaal doodmoe van de slappe lach.
Toen het fort klaar was, hadden ze cola en stroopwafels meegenomen om het officieel te vieren.

'Onze geheime plek, voor als de vijand komt.'
'Welke vijand bedoel je, Marij?'
'Je hebt toch wel eens van oorlog gehoord?'
'Het is helemaal geen oorlog.'
'Nee, misschien niet. Maar de vijand kan overal vandaan komen. Zelfs uit het heelal.'
'Ja, hoor! Heb je een film gezien of zo?'
'Echt waar. Vind je het niet fijn om samen met mij een schuilplaats te hebben?'
'Ja, dat wel. Je bent knettergek, maar ik vind het heel fijn. Zo goed?'

'Is het al lang geleden?' vraagt Geert. 'Dat ongeluk, bedoel ik.'
'Een jaar ongeveer.'

'Wacht, nu weet ik het.' Geert knikt even. 'Daar heeft mijn opa wel over verteld. Dus dat was jouw vriendinnetje. Erg.'

'Het is ónze plek. Niemand komt daar. En nu heeft die smeerlap alles bedorven.'

'Dat kon hij niet weten.'

'Maakt niet uit!' Bonne wordt weer kwaad.

'Nee, je hebt gelijk,' zegt Geert. Hij legt zijn hand even op Bonnes schouder. 'Weet je, over een week is alles verteerd. En dan is die gast nog steeds een dikke vetbol die voor geen meter kan hardlopen.'

Het heeft er helemaal niets mee te maken, maar Bonne lacht toch weer.

'Ik ga naar huis,' zegt hij. 'Ik krijg het koud.'

Terwijl ze de weg af lopen, zegt Geert: 'Is ze hier begraven? Bij het dorp?'

'Ja, bij de molens.'

'Mijn opa ook. Laten we er samen eens een keer heen gaan.'

Bonne blijft staan bij het paadje naar zijn achtertuin. Hij kijkt Geert aan.

'Ja,' zegt hij. 'Dat is goed.'

Het voelt als het begin van een vriendschap.

8

Groep acht is aan het overleggen. In groepjes van vier zijn ze bezig lijstjes op te stellen met allerlei onderwerpen die over veiligheid gaan. Bonne zit in een groepje met Steven, Karin en Maina.

'Geweld op straat,' zegt Steven. 'Daar zouden we het toch over hebben?'

'Ja,' zegt Bonne. 'En dan bijvoorbeeld wat je moet doen als je dat ziet.'

Daar weten ze wel wat over te bedenken.

'1-1-2 bellen.'

'Uit elkaar halen.'

'Ja, dááág. En dan zelf een knal krijgen.' Maina.

'Nee, je moet iedereen erbij roepen.'

'Ja, heel hard gillen.'

'Je moet zeggen: "Doe normaal, man! Waar ben je mee bezig?!"' Steven.

'Net als op tv zeker.'

'Dat groepje daar in de hoek,' zegt meester Robbert. 'Kan het iets zachter? Het lijkt wel ruzie.'

Er wordt geklopt en Michael van groep zeven komt binnen.

'Zeg het eens,' zegt meester Robbert.

'We hebben een plan,' zegt Michael.

'Oké, allemaal even stil.' Meester Robbert klapt in zijn handen. 'Een plan van groep zeven.'

Groep acht valt stil en luistert.

'We willen een actie organiseren.' Michael wacht even, maar niemand zegt iets. 'Voor verkeersdrempels.'

'Hé, goed idee.' Maina klapt in haar handen. 'Daar hadden wij het ook al over.'

'Het is ook een idee van Bonne, eigenlijk.'

'En wat voor actie moet dat dan worden?' vraagt meester Robbert.

'Iedereen moet spandoeken gaan maken. Wij gaan in groep zeven teksten bedenken. Maar alle groepen moeten meedoen en zelf ook teksten bedenken.'

'En waar gaan we er dan mee naartoe?'

'Dan gaan we de weg door het dorp met zijn allen bezetten.'

Daar is groep acht wel voor te porren. Ze roepen allemaal door elkaar. Allemaal, behalve Bonne. Het is zíjn plan, en het moet uitgevoerd worden, natuurlijk. Maar zijn keel zit dicht, zomaar opeens, en hij kijkt alleen maar strak voor zich uit. Midden in al dat enthousiaste geroep en geschreeuw.

'Ja, koppen dicht!' roept meester Robbert ten slotte. Hij is opgestaan en slaat keihard met de aanwijsstok tegen het bord. Iedereen schrikt, en het is opeens muisstil.

'Wat een takkeherrie.' Meester Robbert gaat weer zitten. 'Heel onveilig voor mijn gehoororgaan.' Hij kijkt Michael aan. 'De weg bezetten, daar heb je denk ik wel toestemming voor nodig,' zegt hij.

'Ja,' zegt Michael. 'En daar moeten de meesters en juffen voor zorgen.'

Applaus. 'Ja, meester,' zegt Steven. 'Dat is een goed idee.'

'We zullen het er met de directeur over hebben.' Meester Robbert kijkt de kring rond. 'Wat is er, Bonne?' vraagt hij.

'Dit was toch de bedoeling?'

Iedereen kijkt naar Bonne. Die zit daar als een houten pop op zijn stoel zijn tranen binnen te houden.

'Bonne?'

'Ja,' zegt Bonne dan moeilijk. 'Dat wel. Maar het is te laat.'
Schor en kwaad. 'Voor Marij!' roept hij. 'Te laat voor Marij!'
En dan komen de tranen. Hij schuift zijn stoel wild naar
achteren en loopt met grote passen naar de gang. De deur
trekt hij met een knal achter zich dicht.

De gang is leeg. Woedend en overstuur stormt Bonne langs
de lokalen, en bij groep zes gebeurt het: de deur gaat open,
en Chris, het broertje van Steven, komt de gang op. Bonne
knalt in volle vaart tegen hem aan. Ze vallen allebei op de
grond.

'Hé!' roept Chris. 'Kijk uit waar je loopt!'

Bonne duwt hem wild van zich af.

'Kijk zelf uit!' schreeuwt hij. 'Loop me niet voor de voeten!'

'En jij rent,' zegt Chris, terwijl hij aan zijn hoofd voelt. 'Dat
mag niet.'

'Hou je kop!' Bonne pakt Chris bij zijn bovenarmen en
schudt hem wild heen en weer. 'Jij moet je kop houden!'

'Hé, hé, wat is dat?' Juffrouw Astrid komt de gang op.
'Oorlog?'

Bonne laat Chris los. 'Hij moet uitkijken,' zegt hij hijgend.
Zijn ogen zijn rood, net als die van Chris trouwens. 'En hij
moet tegen mij zijn kop houden.' Hij draait zich om en
loopt stampend verder de gang door.

'Kom eens terug,' zegt juffrouw Astrid. Bonne reageert niet
en loopt door. 'Bonne!'

'Laat hem maar even.' Meester Robbert is de gang in gekomen. 'Hij moet even uitrazen. Niet weggaan, Bonne!'

Juffrouw Astrid protesteert, maar Bonne hoort niet meer
wat ze zegt. Hij is de hoek om gegaan. Aan het eind van de
gang is het magazijn waar alle schoolspullen liggen.
Schriften, allerlei soorten papier, potloden, pennen, paper-
clips, dat soort dingen. Bonne gaat op een kruk zitten, die
in de hoek staat. Nog nahijgend wrijft hij over zijn ogen, tot

hij langzaam weer tot rust komt. Hij kijkt naar de tegels op de vloer, naar een poster met bloemen die aan de muur hangt. Hij zit, en verder doet hij niets. Zo gaan de minuten voorbij zonder dat hij het merkt, totdat de gang opeens vol stemmen en lawaai is. Drie uur.

Hij gaat staan, en met zijn ellebogen op de vensterbank kijkt hij naar de kinderen op het plein. Sommige kinderen van groep acht lopen in groepjes te praten. Over de spandoeken, natuurlijk. Of misschien hebben ze het over hem. Denken ze dat hij naar huis is gelopen.

Bonne wacht tot het op de gang stil is geworden. Dan loopt hij terug naar de klas. Als hij bij de deur staat, komt net meester Robbert van de andere kant aanlopen.

'Daar ben je,' zegt hij opgelucht. Hij zucht ervan. 'Ik maakte me al zorgen.'

'Sorry, meester,' zegt Bonne.

'Kom even de klas in.' Meester Robbert houdt de deur voor hem open. Ze gaan bij Bonnes tafeltje zitten.

'Sorry zeggen is niet nodig, Bonne,' zegt meester Robbert. 'Ik begrijp het wel.'

Bonne snuft even. De tranen zitten nog steeds hoog.

'De tijd gaat snel,' zegt meester Robbert. 'Het is alweer bijna een jaar geleden.'

'Ja.' Bonne denkt even na. 'Dat klopt wel zo'n beetje.'

'Tja... en je bent er nog steeds erg verdrietig van.'

'Ze was mijn beste vriendin.'

Meester Robbert kijkt hem aan. 'Ze zat in mijn klas,' zegt hij. 'En niemand kon mij vertellen wat ik moest doen. Er zijn niet veel meesters die zoiets meemaken. Ik was er kapot van.'

'Ja.' Bonne knikt. Marijs vader en moeder, Eddie, hijzelf, maar meester Robbert natuurlijk ook.

'Mensen gaan dood, dat weten we allemaal,' zegt meester

Robbert. 'Maar kinderen, dat mag niet. Die zijn nog maar net begonnen.'

Nog maar net begonnen, daar is Bonne het niet mee eens, maar hij denkt dat hij wel begrijpt wat meester Robbert bedoelt: vergeleken bij hemzelf, bij volwassenen bedoelt hij. Vergeleken bij de vader en moeder van Marij. Bij haar oma.

'Ik heb er nachten niet van geslapen.' Meester Robbert zegt het zacht, fluisterend bijna. 'Ik zag haar steeds maar voor me. Hoe ze hier in de klas zat. Soms heel vrolijk, en dan weer dromerig, afwezig bijna. Ik was zo kwaad toen ik hoorde wat er gebeurd was.'

'Ik ook,' zegt Bonne. 'Ik ook. Woedend.'

'Soms lijkt het of alle kinderen haar zijn vergeten.' Meester Robbert tekent met zijn wijsvinger figuurtjes op het tafelblad. 'Toch is dat niet zo, echt niet. Maar ik denk niet meer elke dag heel veel aan haar. Jij wel?'

'Nee.' Bonne schudt zijn hoofd. 'Soms, maar de laatste dagen opeens weer veel meer.'

'Ja, zo gaat dat,' zegt meester Robbert. 'Soms is ze ver weg, en dan opeens komt ze weer om de hoek kijken.'

Ze kijken elkaar aan. Bonne ziet iets in meester Robberts ogen, iets waardoor bij hem de tranen opeens weer omhoogkomen. Het geeft niet. Voor heel even is meester Robbert meer dan alleen maar zijn meester.

'We moeten iets doen, als het een jaar geleden is, vind je niet?'

'Ja,' zegt Bonne. 'Dat lijkt me wel goed.'

'Afgesproken.' Meester Robbert gaat staan. 'Gaat het weer?' Bonne knikt.

'Naar huis dan maar.' Bonne voelt even een hand op zijn schouder.

9

Bonne zet zijn rugtas thuis neer en loopt daarna het dorp door, op weg naar de begraafplaats.

Met zijn handen in de zakken van zijn jack loopt hij de weg af, steentjes voor zich uit schoppend en af en toe achterom kijkend of er auto's aankomen.

Op de begraafplaats is het stil, op het geluid van de snelweg in de verte na. Het heeft behoorlijk geregend, maar nu breekt de bewolking. De druppels aan de takken schitteren in het zonlicht.

Het kerkhof is klein en al meer dan tweehonderd jaar oud. In een hoek achteraan, in het nieuwe gedeelte, is het graf van Marij. Er staat een bank aan het eind van het pad en Bonne gaat zitten. Het is een goede plek. Rustig en stil, en hij is er niet verdrietiger dan bijvoorbeeld bij Marij thuis. Dat komt omdat er hier, behalve haar grafsteen, niets is dat aan haar herinnert.

Bonne heeft de regendruppels van de bank geveegd en zit met zijn armen over elkaar voor zich uit te kijken. Tegenover hem is een pad met aan weerszijden grafstenen, oude en nieuwe. Met namen van heel vroeger en nog maar kort geleden. *Hendrik Willem Oudengaard*, die bijna honderd jaar is geworden. *Adriana de Goede-Meekenkamp*, samen met *Gradus Johannes de Goede*. Ze zijn een maand na elkaar doodgegaan. *Bert Middelkamp*, vierentwintig jaar pas.

Het vierde graf rechts is van Marij. Een liggende, grijze steen, met alleen haar naam erop. *Marij*. Meer niet. Bonne ziet vanaf zijn plek het gladde, grijze oppervlak. Er ligt een rode roos op, nat geworden door de regen.

De zon schijnt recht in zijn gezicht en Bonne knijpt zijn ogen tot spleetjes. Alles om hem heen glinstert. Hij haalt een paar keer diep adem.

Het gaat vanzelf over. Grote mensen zeggen dat soort dingen: het gaat over. Het doet nu nog pijn, maar dat wordt vanzelf minder, je zult het zien.

Dat dacht hij zelf ook een tijd, dat het voorbij was, maar hij is voor de gek gehouden.

Hij kijkt omhoog, naar de boomtakken met de nog overgebleven, gele bladeren die bewegen in de wind. Daar weer boven is de blauwe lucht met de witte wolken. En daar weer boven is de hemel. Dat denkt de oma van Marij. 'Boven de blauwe lucht en de wolken is de hemel. Daar is Marij nu,' heeft ze gezegd. 'Ze is gelukkig.'

Dat kan Bonne niet hebben. Het maakt hem kwaad. Gelukkig? En hij dan? Dát was de afspraak niet. Ze hadden afgesproken dat ze bij elkaar zouden blijven. Gelukkig of ongelukkig, dat deed er niet toe, afgelopen, uit. Marij was voor hem gaan staan en ze had hem bij zijn schouders gepakt.

'Beloof je dat, Bonne? Officieel? Dat we altijd bij elkaar blijven?'
'Nou, doe niet zo gek, Marij.'
'Je moet het beloven. Beloof je het?'
'Oké, ik beloof het.'
'Echt? Wat er ook gebeurt?'
'Já-haa. Echt.'
'Goed. Geef me een kus.'
'Wat?'
'Een kus, als bewijs. Toe dan.'

46

Haar gezicht en haar mond waren vlakbij geweest. Haar handen had ze nog steeds op zijn schouders. Met een vuurrood hoofd en zijn ogen stijf dicht had hij zijn mond, droog van de spanning, voorzichtig tegen die van haar aan gehouden. Haar lippen waren spits en koel, maar er was een vlam door hem heen geschoten. Van zijn hoofdhuid tot zijn voetzolen. Hij had zijn hoofd teruggetrokken en haar aangekeken. Haar ogen waren vlakbij en groot. Onderzoekend.

'We gaan ook een keer echt zoenen, ja?'
'Hallo, eh... ik weet niet...'
'...hoe het moet? Ik wel. Een andere keer, goed?'
...
'Goed?'
'Ja hoor, goed. Een andere keer.'

Maar daar is het dus nooit van gekomen. Ze heeft hem in de steek gelaten.
'Stommeling,' had hij hardop gezegd, de avond van de dag van het ongeluk, terwijl hij op de rand van zijn bed zat. Alleen. De alleenste van de wereld. 'Je had moeten uitkijken, stomme trut.' Toonloos, steeds maar weer. De tranen kwamen een hele tijd daarna. En nóg veel later pas werd hij kwaad op de automobilist. Die had haar niet gezien, en hij had te hard gereden.

Hij tuurt naar de takken en wil heel erg dat hij daar Marijs gezicht zal zien. Als ze daar is, in de hemel, kan ze wel even naar beneden kijken, toch? De wind speelt met de takken en de wolken schuiven voorbij. Ze komt niet.
Het kan niet dat ze nergens meer is. Ze moet hem kunnen zien. Misschien begrijpt zij ook niet dat ze niet meer bij elkaar zijn.

Misschien, áls er een hemel is, is die helemaal niet ver weg. Niet ergens boven, maar vlakbij. Achter een hek of zo. Maar het hek is misschien te hoog. Dat is het gewoon: ze ziet hem wel, maar ze kan niet bij hem komen. Ze zit opgesloten in de hemel.

Bonne houdt zijn hoofd achterover.

'Marij,' zegt hij. 'Waar ben je? Ben je in de buurt?'

De bladeren bewegen in de wind. Ze houden zich niet met mensen bezig.

Ja, Marij ziet hém wel, en daar moet hij het mee doen.

Er staat iemand aan het andere eind van het pad. Bonne moet tegen de zon in kijken, en hij ziet niet meer dan een schim. Hij hoort rustige voetstappen over het grind naar hem toe komen.

En dan herkent Bonne de schim. Het is Geert. Hij loopt op zijn gemak en bekijkt de namen op de stenen. Bij het graf van Marij blijft hij even staan. Dan komt hij naar Bonne toe.

'Ik zag je lopen,' zegt hij. 'Ik riep nog, maar je hoorde het niet, en toen ben ik maar achter je aan gegaan.'

Hij gaat naast Bonne zitten. 'Rustig hier, vind je niet?' zegt hij.

'Ja, nogal.'

'Kom je hier eigenlijk vaak?'

'Nee, niet zo vaak. Maar nu wilde ik er opeens heen.'

'Hoezo nu opeens?'

Bonne denkt even na. 'Het komt vooral door vanmorgen, op school,' zegt hij. Hij vertelt het hele verhaal van de drempels en het actievoeren, en dat hij opeens kwaad was geworden. En hij vertelt ook over de laatste wedstrijd. Over het meisje van Atverni. Dat hij heel even dacht dat hij Marij zag. Hij praat en hij praat, en Geert luistert.

'Dat van dat meisje snap ik wel,' zegt hij, als Bonne na een tijdje eindelijk stopt. 'Ik denk soms ook dat ik mijn opa zie lopen, en dan is hij het natuurlijk niet.'

'Nee, stom is dat. Deed jij veel samen met je opa?'

'Ja, heel veel.' Geert vertelt niet wát hij samen met zijn opa deed, en Bonne vraagt er niet naar. Een tijdje is er alleen het ritselen van de bladeren.

Dan staat Geert op. 'Kom,' zegt hij. Hij gaat naar het graf van Marij. Bonne loopt achter hem aan. Bij de grijze steen staan ze stil.

'Mooie naam,' zegt Geert. Hij gaat op zijn hurken zitten en hij veegt, heel zorgzaam, een paar regendruppels weg. Bonne krijgt een brok in zijn keel als hij ziet hoe voorzichtig Geert de steen aanraakt en de roos vlak onder de naam legt.

Hij gaat weer staan en kijkt Bonne aan. 'Je huilt,' zegt hij.

Bonne kan niet meer doen dan knikken. Zijn keel zit hopeloos dicht. Als hij alleen is, gaat het wel. Maar als iemand haar aanraakt, beweegt ze, ver weg. Achter de wolken. Achter het hek.

10

'Ga je mee? Ik ga naar mijn opa.' Geert draait zich om.
Samen lopen ze over het pad. Voetstappen in het grind,
wind door de takken van de grote beuk aan de rand van de
begraafplaats. Een fluisterende stem: *Marij, Marij, Marij.* Bij
elke stap, tot ze de hoek om zijn. Drie paden verder gaat
Geert linksaf. Bij het derde graf blijft hij staan. Een witte,
rechtopstaande steen. *Grietje van Geest*, en daaronder: *Geert
Standaard*.
'De steen is vorige week weer teruggezet,' zegt Geert. 'Met
de naam van mijn opa erbij. Ik had het nog niet gezien.'
Ze staan met zijn tweeën te kijken. Er zijn plantjes naast de
steen gezet.
'Mis je hem erg?'
'Heel erg.' Geert zegt verder even niets meer. Met gefronste
wenkbrauwen kijkt hij omlaag. 'Hij was mijn opa,' gaat hij
dan verder, 'maar eigenlijk meer mijn vriend. Hij zei nooit
zoveel, maar dat hoefde ook niet. Het was niet nodig om
veel te praten. We begrepen elkaar zo ook wel.'
'Marij was haast nooit stil,' zegt Bonne. 'Ze kletste me de
oren van mijn kop. Werd ik soms gek van.'
'Maar toch mis je het.'
'Ja.' Bonne kijkt naar de steen. 'Je oma heeft een andere
achternaam,' zegt hij. 'Hoe kan dat?'
'Die was nogal eigenwijs,' zegt Geert met een lachje. 'Ze
wilde wel trouwen, maar haar naam wilde ze niet kwijt.'
'Heet jij ook Standaard van je achternaam?' vraagt Bonne.

'Ja,' zegt Geert. 'Mijn opa en ik heten hetzelfde. Dus het is eigenlijk ook míjn naam op die steen.'

'Dat is zeker wel raar.'

'Het is raar, en het is ook níét raar. Gaat het weer?'

'Jawel. Waarom is het níét raar?'

'Omdat het mijn eigen naam is, natuurlijk. En ik ben zo levend als ik weet niet wat. Weet je nog hoe ik tegen die zandhelling op ging, in het bos?'

'Ja, als een dolle,' zegt Bonne. 'Met het geluid dat erbij hoort.'

Ze lachen, en Bonne kan weer ruimer ademhalen. Hij kijkt weer naar de steen. De opa van Geert is geboren in 1916 en vier maanden geleden gestorven. *Veilig in Jezus' armen*, staat er boven de namen.

'Waar is dat?' vraagt Bonne. 'In Jezus' armen? Is dat in de hemel?'

'Ik denk het wel.'

'Je dénkt het wel?'

'Ja, ik weet het niet echt. Mijn oma wilde dat het op haar steen kwam te staan. Het staat toch wel mooi boven die twee namen, nu ik het zo zie.'

Daar moet je misschien wel oma voor zijn, om dat te weten. Dat er een hemel is, waar je veilig bent en gelukkig.

'Geloof jij dat God bestaat?'

'Mijn oma zegt van wel.'

'Ja, maar jijzelf?'

'Hij bestaat.'

'Weet je ook hoe hij eruitziet?'

'God is een vogel.'

'Hè?'

'Ja, dat moet wel. Anders kan hij niet alles in de gaten houden.'

'Maar iedereen zegt dat God een oude man is.'

*'Ja, zie je het voor je? Een oude man die met een wapperende baard
door de lucht heen en weer vliegt om alles te kunnen zien?'*

Daar hadden Bonne en Marij heel erg om gelachen.

'Superman met een baard.'
'Snap je, Bonne? Dat kan gewoon niet. God is een vogel.'
'Wat voor vogel dan?'
'Een adelaar, of een uil. Ja, ik denk een uil.'

Overal zijn vogels. In de boom tegenover Bonne wipt een
merel van de ene tak op de andere. Bij de bomen langs de
Drift vliegt een reiger. Hij roept met een rauw geluid. Boven
de begraafplaats drijven meeuwen op de wind. Zou God
één vogel zijn, of elke vogel?
'Ik praat nog altijd met mijn opa,' zegt Geert ineens.
'Mét je opa, of tégen je opa? En waarover heb je het dan?'
'Over alles wat ik maar wil.' Geert gaat op zijn hurken zitten en steunt met één hand op de grond. 'Ik ben de schuur
aan het opruimen, opa,' zegt hij. 'De oude verfblikken zijn
weg, en een bak met kromme spijkers. Waarom bewaarde
je toch al die kromme spijkers?'
Hij wacht, alsof hij luistert. Bonne staat stil naast hem en
luistert ook. Komt er een antwoord? Het kan niet, maar
toch is hij gespannen. De merel zit stil op een tak, met zijn
kop scheef.
'Die fietswielen heb ik laten hangen,' gaat Geert verder. 'Je
weet maar nooit.'
Bonne luistert naar de stilte en hij kijkt over de graven heen
naar de molens verderop. De wieken staan stil in de lucht.
'Nou, dag opa. Dat was het dan weer voor vandaag.' Geert
staat op en gaat op een bankje tegenover het graf zitten. Hij
kijkt nadenkend voor zich uit.

'Jammer dat hij niks terugzegt,' zegt Bonne.

'Mijn opa zei nooit zoveel, zei ik toch. We zaten soms tijden bij elkaar zonder een woord te zeggen. En dan stond hij op, en ging hij weer. En toch was het fijn om bij hem te zijn. Hij kwam ook wel eens kijken bij een wedstrijd, nog vaker dan mijn ouders.' Geert stopt en kijkt Bonne aan. 'Praat jij nooit meer met Marij?' vraagt hij.

Bonne denkt aan de flarden van gesprekken die soms door zijn hoofd schieten. Gesprekken van Marij en hem. Gesprekken van lang geleden.

'Soms,' zegt hij. 'Maar dat is alleen maar iets van vroeger. Dat hébben we allemaal al gezegd.'

'Maar heb je dan ook het gevoel dat ze dichterbij is?'

Bonne kijkt naar de boom tegenover hem. De merel heeft gezelschap gekregen van een klein vogeltje dat tegen de stam omhoogkruipt. 'Ja,' zegt hij dan. 'Dat wel.'

'Dat bedoel ik.' Geert kijkt naar het grind bij zijn voeten. Hij bukt om een wit steentje te pakken. Hij veegt het zand eraf, staat op en legt het steentje tussen een paar plantjes aan de voet van de grafsteen van zijn opa.

Bonne blijft naar het steentje kijken, alleen maar naar het steentje, totdat het lijkt alsof het witter en witter wordt. Het geeft licht. Er zit een batterijtje in en het is een wit lampje geworden. Bonne doet zijn ogen dicht en er blijft een heldere, witte stip over. Een ster aan de donkere hemel.

Als hij zijn ogen weer opendoet, ligt het wit en klein tussen de plantjes. Een doodgewoon wit steentje.

Hij loopt terug naar het graf van Marij, en zoekt tussen het grind. Veel echt witte steentjes zijn er niet eens, merkt hij. Hij gaat op zijn hurken zitten en hij zoekt net zo lang tot hij er een gevonden heeft. Bijna rond, met een paar deukjes. Hij kijkt om. Tussen de graven door ziet hij Geert nog steeds bij het graf van zijn opa staan. Bonne maakt met zijn tong zijn vingertop nat en poetst het steentje op. Hij bukt en legt het naast de roos, onder haar naam.

'Marij,' zegt hij, nadat hij voor de zekerheid even om zich heen heeft gekeken. 'Marij, ik ben een jongen tegengekomen, van atletiek. Een paar dagen geleden nog maar, en toch is het of ik hem al veel langer ken. Hij is...' Bonne stopt en luistert. De wind in de bladeren van de bomen. Is het de stilte die fluistert? Is het Marij?

'Hoor je de stilte, Bonne?'
'Dat kan niet. De stilte is stil, die kun je niet horen.'
'Jawel, jawel. Luister dan.'
'Waarom zeg jij toch altijd van die rare dingen, Marij?'
'Zo raar zijn ze toch niet?'

'Marij, ben je er?' vraagt Bonne.
Het is toch de stilte, maar daarachter is Marij. Ze is al heel lang niet zo dichtbij geweest. Bonne kijkt naar het steentje, en het steentje wordt een ster.

'Vanavond trainen,' zegt Geert, als ze naar de uitgang lopen. 'Zal ik je komen ophalen?'
'Ik kom wel naar jou toe,' zegt Bonne. 'Hoef je niet om te rijden. Op welk nummer woon je?'
'Negenentwintig.'
'Oké. Ik ben om kwart voor zeven bij je.'
Een lekkere training, dat kan zomaar weer een heleboel goedmaken.

11

De Zilversparlaan is aan de andere kant van het dorp. Het huis van Geert is niet al te groot. Er staat een grote berk in de tuin, naast een fors uitgegroeide conifeer, zodat vanaf de straat niemand naar binnen kan kijken. Bonne zet zijn fiets tegen een lantaarnpaal en loopt het tuinpad op. Voordat hij kan aanbellen, gaat de deur open.

'Hoi,' zegt Geert. 'Kom binnen. Ik kom er zo aan. Even mijn tas pakken, boven.' Hij wijst naar een deur halverwege de gang en gaat de trap op.

Bonne duwt voorzichtig de deur een eindje open en kijkt de kamer in. Een meisje, dat aan tafel zit, kijkt op.

'Hallo,' zegt ze. 'Volgens mij ben jij Bonne.' Ze staat op.

'Ja,' mompelt Bonne. 'Volgens mij ook.'

Ze lacht. Een heel apart lachje. Helder en toch laag. 'Ik ben Iris.' Haar hand is koel en droog.

'Hallo.' Meer weet Bonne niet te zeggen. Hij kijkt om zich heen, de kamer rond.

'Dus jij bent een toekomstig kampioen,' zegt ze.

'Nou, nou. Zover is het nog niet.' Hij kijkt haar aan. Ze is zo te zien iets jonger dan Geert en ze lijkt op hem. Net zulk zwart haar. Maar haar ogen zijn lichtblauw, bijzonder. Hij staat maar zo'n beetje midden in de kamer en kijkt haar aan, tot hij zijn ogen afwendt.

'Moet jij niet op atletiek?' vraagt hij dan zomaar.

'Ik moet niks.' Ze lacht weer. 'En ik doe al aan sport, maar dan turnen.'

'Wedstrijden?'
'Ja, soms.'
'Ben je goed?'
'Ze is steengoed.' Geert komt de kamer in. 'Maar ja, dat zit in de familie, natuurlijk.'
'Natuurlijk,' zegt Bonne. Hij kijkt weer naar Iris. Ze woont hier al een tijdje en toch heeft hij haar nog nooit gezien. Mooi, die ogen.
'Nou, we gaan.' Geert geeft Iris een tikje op haar schouder.
'Dag, zusje.'
'Dag.' Bonne wil zijn hand uitsteken, maar trekt hem halverwege terug. Dat is misschien overdreven. Hij loopt haastig achter Geert aan.
Ze zegt niets, maar als Bonne buiten is, klinkt haar lachje nog steeds in zijn oren.

De baanverlichting is aan en het is een frisse, heldere avond. In het licht van de schijnwerpers is het gras groener en de kunststofbaan roder.
De groep van Bonne is in een kring op het middenterrein oefeningen aan het doen. In de hoek is de sprintgroep bezig, en niet zo ver daarvandaan de B- en C-junioren. De midden- en langeafstandslopers ergens aan de zijkant. Geen pupillen. De kleintjes trainen sinds een paar weken binnen, in de sporthal. Lekker rustig.
Hier en daar klinkt het gemurmel van stemmen, soms lacht er iemand in de verte, maar niemand praat te hard.
'Ik krijg een natte kont,' moppert Esther, als ze op de grond zitten om hun benen los te schudden. 'Het gras is kletsnat.'
'Het is een beetje vochtig,' geeft Victor toe. 'Dat komt door de tijd van het jaar.'
'Ja, lekker. Ik beschimmel helemaal.'

'Je mag zo meteen een paar rondjes extra.' Victor lacht haar vriendelijk toe. 'Dan blaas je jezelf weer droog.'

'Dank je wel. Echt aardig van je.'

Bonne hoort het grijnzend aan. Esther is cool. Commentaar op van alles en nog wat, maar op een leuke manier.

'Tussen haakjes,' zegt Victor, 'voordat ik het vergeet: na de training kunnen jullie je inschrijven voor de Sylvestercross. Niet vergeten.'

'Oh nee, niet de Sylvestercross.' Esther weer. 'Die is echt gevaarlijk. Daar ga je dood van, zo zwaar.'

'Je hoeft niet mee te doen, hoor.'

'Nee, dat weet ik.' Ze kijkt even naar Ismaël. 'Maar ik doe het toch maar,' zegt ze.

'Zo mag ik het horen.' Victor gaat staan. 'We gaan een paar *steigerungen* doen.'

Ze lopen naar de baan, het eind van de bocht.

'Menno voorop,' zegt Victor. 'Tweehonderd meter. Rustig beginnen, Menno. Denk erom.'

Steigerungen doen is opstijgen en vliegen. Ze beginnen rustig, maar niet té langzaam, en halverwege het rechte stuk voert Menno het tempo op. Steeds meer en nog meer, tot ze ergens in de bocht op volle snelheid liggen. Dat wil zeggen, de volle snelheid van Menno, en daar heeft zelfs Bonne geen antwoord op. Alles boven de vierhonderd meter is voor hem, maar in deze bocht moet hij Menno laten gaan. Ze hebben een halve baan de tijd om uit te hijgen en elkaar weer op te zoeken.

'De volgende ga ik voorop,' zegt Esther. 'Dan gaan we eindelijk weer normaal doen.'

'Normaal?'

'Ja, niet zo achterlijk hard als jij.'

Ze moeten naar de buitenkant van de baan, omdat de midden- en langeafstandgroep langs komt daveren. Een groep van een man of acht voorop, en de rest in kleine groepjes of alleen daarachter.

'Kijk,' zegt Menno, 'die gaan ook niet allemaal even hard. Dus je kunt gewoon je eigen tempo lopen. Dan blijf je toch gewoon een eindje achter? Doe ik ook met de cross.'

'De volgende,' roept Victor, als ze weer bij hem zijn aangekomen. 'Esther voorop.'

'Hij heeft het gehoord,' zegt Esther. Ze begint helemaal niet rustig, maar schiet als een speer weg.

'Ho ho!' roept Victor nog, maar tevergeefs.

Ze houdt het het hele rechte stuk vol, maar als ze na honderd meter de bocht in gaat, gaan ze er bijna allemaal voorbij. Lachen.

'Is je kont al droog?' vraagt Ismaël, als hij langskomt. Esther geeft geen antwoord. Ze is total loss.

Aan het eind van de training wil Victor ze nog iets laten zien, in de kantine. Ze gaan zitten en hij doet de televisie aan, pakt een dvd uit zijn tas en legt hem in de speler.

'Gaan we een filmpje kijken?' vraagt Ismaël nieuwsgierig. 'Is het spannend?'

'Weet je nog van die wedstrijd, de crosscompetitie?' zegt Victor. 'Waar we het toen over hadden, op de terugweg?'

'Ja, over de wedstrijd.'

'Nee, daarna. Ik zeg maar één ding: lange benen.'

'Lange benen...? Oh ja, die trainer.'

'En toen zei jij dat lange benen in je hoofd zitten,' zegt Esther.

'Bij wijze van spreken.' Victor drukt op een knop van de afstandsbediening. 'Let op.'

Ze zien beelden van een baanwedstrijd. Een blonde vrouw in een oranje wedstrijdpakje. Ze is honderd procent geconcentreerd.

'Ellen van Langen,' zegt Victor. 'De achthonderdmeterfinale van de Olympische Spelen in 1992. Barcelona.'
Ze kijken naar de start. De loopsters gaan op volle sprintsnelheid, ieder in hun eigen baan, de bocht in. Als ze daar uit zijn, gaan ze naar de binnenbaan. Ellen van Langen loopt bijna achteraan.
'Zo, die gaan hard,' zegt Bonne. 'Moet je kijken, man.'
'Finale van de Olympische Spelen,' zegt Ismaël. 'Dus.'
'Ja, maar toch.'
Ze volgen de wedstrijd. De loopsters blijven in een groep bij elkaar lopen, en als ze na zeshonderd meter de laatste bocht in gaan, is Ellen van Langen verder naar voren opgeschoven. Ze loopt in de binnenbaan, met nog een paar loopsters voor haar. De laatste bocht.
'Let nu eens op.'
Ze komen de bocht uit. Nog bijna honderd meter. Ze loopt nu bijna vooraan, maar als ze de voorste wil passeren, moet ze er links omheen, en daar is geen ruimte.
'Wie is die eerste?' vraagt Bonne.
'Noeroetdinova, een Russin. Let op wat díé doet.'
Dan zien ze het: Noeroetdinova in de binnenbaan wijkt opeens uit naar rechts. Ze ligt op kop, met nog veertig meter te gaan. Dat gaat ze winnen, denkt ze in het Russisch. Maar Ellen van Langen ziet opeens het gaatje: ze kan erlangs. Ze versnelt, en meter voor meter haalt ze in, tot ze naast Noeroetdinova loopt. En dan – Bonne ziet het met verbazing – versnelt ze nog meer. Ze is los. Met onwaarschijnlijk lange passen snelt ze naar de finish. En wint. De tijd blijft staan op 1.55.54.
'Tjonge.' Ze zijn er allemaal stil van.
'Zie je,' zegt Victor. 'Dát zijn nou lange benen.'

12

Die nacht staat Bonne in het volle licht aan de rand van een lege zandvlakte. Een woestijn, die trilt in de hitte van de zon. Zo ver hij kan kijken: zand en nog eens zand.

Het is de eenzaamste plek waar hij ooit is geweest. Geen mensen, geen vogels. Nog niet de kleinste torretjes op de grond. Alleen maar leegte.

Bonne heeft het gevoel dat hij stikt. Het komt door de hitte en de droogte. Hij heeft nooit echt geweten wat dorst is, maar nu weet hij het. Alles om hem heen brandt en er is in de verre omtrek geen schaduwplek te bekennen.

Het angstige is: hij is helemaal alleen. Niet verdwaald, maar achtergelaten. Niemand is naar hem op zoek. Ze zijn allemaal ergens anders naartoe gegaan, zonder afscheid te nemen. Met lege ogen en zonder iets te zeggen zijn ze bij hem weggegaan.

Dan ziet hij in de verte een donker plekje. Het beweegt. Daar loopt iemand. Naar hem toe of bij hem vandaan, dat is niet te zien. Daarvoor is de afstand te groot.

Hij wil roepen, maar zijn stem doet het niet. Hij zwaait met zijn armen en loopt de woestijn in. De grond is heet. Hij loopt en loopt, maar de gestalte komt niet dichterbij.

Het zand zuigt en trekt aan zijn voeten. Zijn benen worden zwaar als lood. Elke stap kost hem meer moeite dan de vorige.

'Wacht,' fluistert hij schor. 'Wacht op me.'

Het figuurtje in de verte wacht niet en wordt steeds kleiner.

Kleiner en kleiner, niet groter dan een stip, die ten slotte oplost in het felle zonlicht.

Bonne probeert uit alle macht verder te gaan, maar zijn benen dragen hem niet meer. Hij valt half voorover en kijkt naar de plek waar net nog iemand te zien was, maar nu niet meer. Op handen en knieën zit hij daar, terwijl de tranen hem over de wangen stromen.

Tot hij wakker wordt en zijn lakens en kussen nat zijn van het zweet.

Zaterdag. Bonne is er door zijn moeder op uit gestuurd om een paar boodschappen te doen. Allesreiniger, koffiefilters, tandpasta en een zak bruine bolletjes.

Als hij op weg naar de supermarkt langs school komt, zet hij zijn fiets tegen het hek en hij loopt het lege plein op. Er zit een droom in zijn hoofd die hij zich niet meer kan herinneren, maar die een naar, zeurend gevoel heeft achtergelaten. Hij wil iets aan Marij geven. Iets waardoor hij zich misschien beter gaat voelen. Thuis lag al een hele tijd een knuffeltje in een hoekje, boven op zijn kast in zijn kamer. Het is een egeltje. Hij heeft het jaren geleden een keer gekregen. Nu haalt hij het uit zijn zak.

'Stil, Bonne. Niks zeggen, stil!'
'Wat is er?'
'Luister!'

Ze hadden net een reep chocola weggewerkt, terwijl ze voor het fort in het zonnetje zaten.

'Hoor je dat geritsel?'
'Dat is een merel, denk ik.'
'Nee, ik denk het niet. Dat klinkt anders.'

61

En toen had hij het gezien, een eindje verderop: een egel, rondscharrelend tussen de oude bladeren. Het was niet de eerste egel die hij zag, maar wel de grootste.

'Zie je wel, het is geen merel. Het is een egel.'
'Die is op zoek naar muizen.'
'Nee, die vangt hij niet. Hij eet wormen en torren.'
'Muizen toch ook?'
'Die zijn te snel.'
'Hoe weet je dat, Marij?'
'Moet je hem zien, die dikke schommel. Die heeft geen kans bij een muis, hoor.'
'Nee, daar heb je denk ik wel gelijk in.'
'Soms zou ik ook wel een egel willen zijn.'
'Hè? Waarom?'
'Lekker de hele winter slapen. En dan weer wakker worden als het lente is.'

'Alsjeblieft, Marij,' zegt Bonne, als hij het egeltje bij het beeldje neerlegt. Hij legt er een paar afgevallen bladeren overheen. 'Voor in je winterslaap.'
Er ligt ook een tekening in een plastic hoesje. Een boom, volgehangen met bloemen en een zon erboven. *Dag Marij*, staat erop, en: *Elsbeth*.
Bonne weet wel wie Elsbeth is, al kent hij haar niet heel goed. Ze is een jaar ouder dan Bonne, en ze zat in dezelfde groep als Marij. Nu zit ze inmiddels in de brugklas. Ze is nog een keer teruggekomen om de tekening op het plein neer te leggen.
Mooi, vindt Bonne. Hij blijft even staan en kijkt naar beneden. Een egeltje, een beeldje en een tekening. En daar is Marij. Ze zit op het hek en lacht, net als vroeger.

In de supermarkt is het druk. Bonne wordt er chagrijnig van als hij zich steeds weer tussen de karretjes door moet wringen. Hij heeft een bloedhekel aan boodschappen doen, zeker als het zo vol is. Hij kijkt naar de kassa. Ja hoor: ríjen. Als hij de allesreiniger in zijn mandje zet, wordt hij op zijn schouder getikt. Hij kijkt om. Daar staat de zus van Geert, Iris. Die naam heeft hij onthouden.

'Doe mij ook maar zo'n fles,' zegt ze, terwijl ze naar de allesreiniger knikt.

'Eén fles voor mevrouw.' Bonne zet de fles in haar mandje. 'Alsjeblieft,' zegt hij.

'Gezellig hier, vind je niet?' zegt Iris. 'Lekker druk.'

'Nou.' Hij trekt een misprijzend gezicht. 'Lekker benauwd ook.'

'Ben je klaar?'

Bonne kijkt in zijn mandje. Ja, hij heeft alles. 'Ik ben klaar,' zegt hij.

'Ik ook. Kom, gaan we gezellig bij de anderen staan.'

Ze sluiten aan bij de minst lange rij.

'Waar zit jij eigenlijk op school?' vraagt Bonne.

'Het Sluyterscollege, in de stad. Tweede klas.'

Tweede klas. Twee jaar ouder dan hij. Marij zat er precies tussenin. Ze zou in de brugklas hebben gezeten. Hij heeft opeens het gevoel dat hij te jong is, voor van alles en nog wat.

Hun rij schiet niet op. Het meisje achter de kassa moet een nieuwe rol in de machine doen, maar ze krijgt het niet voor elkaar. Nieuw meisje. Ze zit onhandig te prutsen en de rij naast hen loopt lekker door.

'Dat is altijd zo,' zegt Iris, die Bonne opzij ziet kijken. 'Je kiest altijd voor de langzaamste rij, let maar op.' Ze heeft haar mandje bij haar voeten neergezet. 'Wanneer heb je weer een wedstrijd?' vraagt ze.

'Vandaag over een week, in Huizen.'

'Op die dag kan ik niet,' zegt ze. 'Maar ik vind het altijd wel leuk om naar wedstrijden te gaan kijken. Ga ik met Geert mee.'

'Ja, leuk.' Bonne kijkt haar aan. 'Weet je wat je dan moet doen? Op 31 december is de Sylvestercross, in Soest. Dát is pas een wedstrijd. Nederlandse top, hoor, en uit het buitenland ook. Doet Geert daaraan mee?'

'Dat weet ik niet,' zegt ze. 'Ik hou zijn programma niet echt bij.'

'Nee, nee, dat snap ik.' Het lijkt hem opeens heel erg leuk als ze bij die wedstrijd is. Als hij het parcoursrecord gaat verbeteren. Als hij de Nederlandse top alle hoeken laat zien. Als het lukt tenminste.

Het meisje achter de kassa kan de rol maar niet in de machine krijgen. Ze pakt de hoorn van de intercom. 'Cor, kassa vier alsjeblieft, Cor.' De rij naast hen gaat nog steeds een stuk sneller, maar Bonne heeft opeens niet zoveel haast meer.

'Op oudejaarsdag?' vraagt Iris. 'Wat een rare dag voor een wedstrijd.'

'Het is elk jaar. In het bos, aan de rand van een zandverstuiving. Berezwaar. Je moet echt komen.'

'Tja.' Ze kijkt hem ernstig aan. 'Als jij zegt dat het moet, dan moet het maar, hè?'

Houdt ze hem nou voor de gek?

'Zo bedoel ik het niet,' zegt hij. Hij wordt een beetje zweterig. 'Je hoeft natuurlijk niet, als je niet wilt.' Dat wilde hij niet zeggen, maar hij deed het wel.

'Mag ik er even langs?' Een jonge man staat achter hen. Hij draagt een rood met geel supermarktjasje. 'Wat is er, Miranda?'

'Ik krijg die rol er niet in,' zegt het meisje achter de kassa. 'Hij zit vast.'

'Wacht.' Hij loopt door tot achter haar stoel en buigt zich over haar heen. 'Dan zal ome Cor dat eens even voor je oplossen.'

Miranda achter de kassa buigt zo ver mogelijk opzij. Ze is niet zo dol op ome Cor, zo te zien.

'Op één voorwaarde,' zegt Iris tegen Bonne, terwijl ze allebei naar het gedoe bij de kassa kijken. 'En dat is dat je ook een keer bij een wedstrijd van mij komt kijken.'

'Tuurlijk.' Dat wil hij wel meemaken.

'Ben jij goed in gym?'

'Ja, kopjeduikelen en een zwaantje in de ringen,' zegt Bonne luchtig. 'Geen kunst aan.'

'Ik hoor het al.' Ze snuift. 'Kom maar een keer kijken hoe turnen in het echt gaat.'

Hij kijkt naar haar. Wat is dat toch, dat het net voelt alsof hij haar al lang kent? Bij Geert had hij dat ook al meteen. Ze staan met elkaar te praten, zo makkelijk en vanzelfsprekend. Wel prettig trouwens. Hij schuift zijn boodschappenmandje een klein stukje voor zich uit, zonder dat er echt schot in de rij zit. Ome Cor krijgt het ook niet voor elkaar.

'Wat heb je met dat ding uitgevreten, Miranda?' vraagt hij. 'Hij zit zo vast als een huis.'

'Ja, hallo,' zegt Miranda boos. 'Nou heb ík het gedaan zeker.'

'Het geeft niet, het geeft niet.' Cor scheurt een stuk papier van de rol en doet een klepje omhoog. 'Je moet het allemaal nog een beetje leren, natuurlijk.' Miranda haalt verontwaardigd haar neus op.

Bonne kijkt weer naar de rij naast hem.

'Blijf nou maar staan,' zegt Iris. 'Op het moment dat je naar die rij gaat, zit die rol erin, wedden?'

'Ja, als ik blijf staan, zullen we dat nooit weten,' zegt Bonne.

'Nee.' Iris lacht en ze stoot hem aan. 'Heb je haast?'

'Niet echt.'

'Nou dan.'

De man die aan de beurt was, een eindje voor hen, gaat zich met het probleem bemoeien.

'Gaan we het nog meemaken vandaag?' vraagt hij aan Cor. 'Jij bent zelf niet de handigste, zo te zien. En dan ook nog dat arme kind de schuld geven.'

'Meneer,' zegt Cor. 'U moet zich er niet mee bemoeien.'

Dat had hij beter niet kunnen zeggen. De man staat zich al een tijdje op te winden en hij ziet er behoorlijk breed uit. 'Wat zullen we nou krijgen?' De man buigt zich over de band heen. 'Ga jij mij zeggen waar ik me mee moet bemoeien en waarmee niet?'

Cor trekt wit weg en prutst met de kassarol.

'Ga jij dat doen?' herhaalt de man dreigend. 'Ga jij dat zeggen?'

'Nee, meneer,' zegt Cor, zonder hem aan te kijken.

De man steekt zijn arm uit en trekt Cor aan zijn stropdas naar zich toe. 'Heel goed,' zegt hij met zijn gezicht vlak bij het rood aanlopende hoofd van Cor. 'Heel goed, mislukte held. En nu ga jij iemand roepen die weet hoe dat apparaatje van jullie werkt.'

Bonne en Iris kijken ademloos toe. De man heeft Cors stropdas losgelaten. Ze zien Cor bijna letterlijk twee decimeter in elkaar krimpen. Hij pakt de hoorn van de intercom, maar het is al niet meer nodig. De chef heeft gezien dat er iets aan de hand is en hij komt haastig aanlopen.

'Wat is het probleem?' vraagt hij.

'Het probleem is deze figuur hier,' zegt de man, terwijl hij met gestrekte arm naar Cor wijst. 'Hij koeioneert dat arme kind en hij zegt dat ik me er niet mee mag bemoeien.'

'De kassarol zit vast,' zegt Miranda.

'Ja, en deze flapdrol' – de man wijst weer – 'kan het ook niet voor elkaar krijgen.'

'De magere yoghurt moet nog in de vakken, Cor. En de kwark,' zegt de chef, terwijl hij met een enkele handgreep de kassarol recht in het apparaat zet en de klep omlaag doet. 'Als jij dat eens gaat doen.'

Cor druipt verslagen af en de rij komt weer in beweging.

'Mijn excuses.' De chef werpt een blik op de man, die weer gekalmeerd is. 'Is alles verder naar wens?'

'Alles is weer toppie,' zegt de man tevreden. 'Helemaal prima.' Hij laadt zijn boodschappen in zijn karretje en loopt breed en onverzettelijk naar de inpaktafel.

Als Bonne en Iris daar zijn, is hij net klaar.

'Hé, Cor!' roept hij in de richting van de zuivel. 'Ouwe kwarkfiguur! Zet je het er wel netjes in?' Hij zwaait met een brede armbeweging bijna het hoedje van het hoofd van een passerende mevrouw. 'Sorry, dame,' zegt hij. Hij loopt de winkel uit. Zijn dag is weer goed.

'Ik moet hierheen,' zegt Iris, als ze buiten bij de fietsen staan. Ze wijst naar rechts.

'Ik ga de andere kant op.' Bonne hangt zijn tas aan zijn stuur. Daar gaat ze. 'We komen elkaar wel weer een keer tegen, goed?' roept ze over haar schouder, terwijl ze wegfietst.

'Ja,' zegt Bonne zacht voor zich uit. 'Graag zelfs.' Hij kijkt haar na, tot ze de hoek om gaat. Dan rijdt hij op zijn gemak naar huis.

Het beeldje van Marij staat stil in de hoek van het schoolplein. Bonne kijkt ernaar als hij langsrijdt.

'Sorry, Marij,' zegt hij.

Gek, waarom zou hij sorry zeggen? Omdat hij niet elke seconde aan Marij denkt? Vanwege Iris? Omdat hij lol heeft?

'Lieve Marij,' zegt hij dan. Dat klinkt beter.

13

De school voert actie. In het dorp zijn lijsten met handtekeningen verzameld, en vandaag is het plein na schooltijd vol
met kinderen die de straat gaan bezetten. Alle kinderen, van
klein tot groot. Ze hebben spandoeken gemaakt. Meester
Robbert heeft groep acht de opdracht gegeven dat er iets op
moet staan dat rijmt op drempel. Steven en Guus hebben
een spandoek met WAREMPEL, EEN DREMPEL erop. Er is
ook een spandoek met GEEN SPIJT VAN VEILIGHEID, en
eentje met HARDRIJDER, STOP MET JE STOMME KOP.
Merel en Maina hebben DRUK JE STEMPEL OP EEN DREM-
PEL bedacht. Niemand weet precies wat ze ermee bedoelen,
zijzelf ook niet, maar het rijmt wel.
Bonne heeft geen spandoek. Hij heeft een vierkant stuk
karton tegen een stok getimmerd. Met een kwast en zwarte
verf heeft hij er de naam van Marij op geschilderd. Meer
niet.
'Mooi, Bonne,' zegt Maina. Ze staat met haar spandoek
naast hem op het plein.
'Ja.' Bonne kijkt om zich heen. 'Het rijmt niet, maar ik kon
verder niks bedenken.'
'Misschien gaat er nu eindelijk iets gebeuren.' Maina stoot
hem aan. 'Ik snap heel goed dat je kwaad werd toen we het
erover hadden,' zegt ze. 'En het is goed dat je...' Ze gaat
niet verder. 'Ik weet niet goed hoe ik het moet zeggen,' zegt
ze dan na een tijdje. 'Het lijkt wel of iedereen haar vergeten
is, maar ik...' Ze stopt weer, en maakt een onduidelijk ge-

baar met haar hand. 'Je snapt me wel,' besluit ze. Ze kijkt de andere kant op.

Bonne weet niet helemaal zeker of hij haar snapt, maar hij knikt. 'Bedankt,' zegt hij.

Ze lopen met zijn allen naar de hoofdweg door het dorp. Iedereen is opgewonden. Eindelijk actie, spannend.

'Ik hoop dat de politie komt,' zegt Koert. 'De ME, om ons weg te slepen.'

'We hebben toestemming, hoor,' zegt Steven.

'Of een kwade automobilist.' Koert geeft het niet op.

'Ja hoor, en dan mag jij vooraan gaan staan. Kun je de eerste klappen opvangen.'

'Komen ze ook van de krant, meester?' vraagt Bonne.

'Dat is wel de bedoeling,' zegt meester Robbert. 'Van de regiokrant. En ze zouden een fotograaf meesturen.'

'Ha, een fotograaf.' Koert wordt meteen weer enthousiast. 'Dan ga ik zéker vooraan staan.'

Ze hebben bekijks. Mensen komen hun huis uit. Ze weten waar het om gaat, wat het zijn hún handtekeningen tenslotte.

Vanuit de straat waar Bonne woont, komen Eddie en zijn moeder aanlopen. Eddie heeft een bord op een stok, waar LANGZAAM!! op staat.

'Heb ik zelf bedacht,' zegt Eddie, als hij naast Bonne loopt. 'Als ze allemaal langzaam rijden, gaat er niemand dood.'

Bonne kijkt opzij. Aan Eddie is niet te zien of hij boos is of verdrietig, of dat hij aan Marij denkt. Maar dat laatste moet haast wel.

'Goed gedaan, man.'

'Mag Eddie met jou meelopen?' vraagt Eddies moeder aan Bonne. 'Let je een beetje op hem?' Bonne knikt, en ze kijkt naar het bord van Bonne. 'Fijn, Bonne,' zegt ze. 'Dat je aan haar denkt.' Haar stem is schor en haar ogen zijn vochtig. Midden in het vrolijke geroezemoes en geroep is ze een eilandje van verdriet.

'Doe je voorzichtig, Eddie?' zegt ze.

'Ik pas wel op,' belooft Bonne. 'Maakt u zich maar geen zorgen. Hou je bord omhoog, Eddie.'

Ze lopen door. Als ze bij de hoofdweg aankomen, zien ze een politieauto staan.

'Oh jee,' zegt Koert. 'Nou gaan we het krijgen.'

Maar de politie doet niets. De auto staat er alleen maar. De agenten die erin zitten kijken naar de kinderen die langslopen. Ze zeggen niets.

Allerlei mensen zijn met fototoestellen in de weer als de kinderen midden op straat gaan staan. Vaders en moeders, maar ook mensen met grote toestellen met dure lenzen erop. Het asfalt is te vochtig en te nat om te gaan zitten, dus blijft iedereen staan.

'Omhoog die spandoeken!' roept meester Robbert, en daar gaan ze. De fototoestellen klikken, en de eerste auto komt aanrijden. Hij stopt een paar meter voor de kinderen. Er zit een man achter het stuur. Hij blijft in zijn auto zitten en doet niets. Een volgende auto sluit achteraan.

Groep zeven heeft een yell bedacht:

Wij willen drempels in de straat!

Anders is het straks te laat!

Niet moeilijk, en het duurt maar even of alle kinderen roepen mee. Zo, dat klinkt! Het ís al te laat, denkt Bonne, maar toch schreeuwt hij de longen uit zijn lijf. Uit woede, uit machteloosheid. En het is ook lekker om met zijn allen de boel tegen te houden en het helemaal met elkaar eens te zijn.

Er staat inmiddels een heel rijtje auto's. Ergens halverwege de rij stapt iemand uit. Hij loopt met lange, kwade passen naar de kinderen toe.

'Zijn jullie zo langzamerhand klaar?' roept hij. 'Het is nu wel duidelijk!'

'Rustig maar, meneer.' Meester Lucas, de directeur, stapt naar voren. 'Die kinderen hebben het grootste recht om actie te voeren. Niemand wil dat er nog meer slachtoffers vallen.'

'Daar heb ik niks mee te maken. Ik wil erdoor.'

'Maar u begrijpt toch wel dat het om de veiligheid van de kinderen gaat?'

'Lekker veilig om ze dan midden op straat te zetten!' De man wordt kwader en kwader. 'Man, hou toch op met je gezeur! Ik heb haast. Ik moet naar een belangrijke vergadering en ik heb geen zin om me door een stelletje rotkinderen te laten tegenhouden!'

De kinderen dringen iets op, zonder dat ze het zelf in de gaten hebben. Bonne gaat naast meester Lucas pal tegenover de man staan en steekt zijn bord omhoog. De man kijkt naar de naam.

'Weet u wie dat was?' vraagt Bonne. Meer niet.

'Goed zo, Bonne,' hoort hij achter zich. Maina.

De man antwoordt niet. Hij kijkt opeens een beetje onzeker naar de kinderen en hun spandoeken.

'Ze is doodgereden.'

Het lijkt even alsof de man wil gaan zeggen dat híj dat niet gedaan heeft, maar hij slikt zijn woorden in. Hij kijkt Bonne aan, een paar seconden. Dan kijkt hij naar meester Lucas.

'Maar ik moet erdoor,' zegt hij, een stuk tammer ineens.

'Geduld, meneer.' Meester Lucas blijft kalm. 'Hebt u meteen even de tijd om over van alles en nog wat na te denken. Over veiligheid in het verkeer, bijvoorbeeld.'

'Dat maak ik zelf wel uit,' zegt de man nog. Maar zijn schouders zijn een stukje gezakt.

71

Op de stoep zijn mensen blijven staan om te horen wat er gezegd wordt. Er komt ook een van de agenten aanlopen. Bonne kijkt om zich heen. En dan ziet hij opeens tussen de toeschouwers het gezicht van Iris. Ze zwaait naar hem en ze lacht.

'Het is goed, Bonne,' zegt meester Lucas. 'Ga maar terug.'

Bonne kijkt de man nog een keer aan. 'Het was geen rotkind,' zegt hij.

Achter hem zegt meester Lucas tegen de agent dat alles in orde is. De automobilist kan niet anders doen dan teruggaan naar zijn auto, die werkeloos in de rij staat te wachten.

Het duurt al met al niet langer dan een halfuur. De burgemeester komt ook nog opdagen. Hij neemt de handtekeningen in ontvangst en belooft met de hand op zijn hart dat hij zijn uiterste best gaat doen.

En dan is het voorbij. De spandoeken zijn opgerold en iedereen gaat naar huis. Bonne loopt met zijn bord over het trottoir als Iris hem inhaalt.

'Bonne,' zegt ze. 'Ik zag je staan.'

Bonne staat stil en knikt.

'Goed dat jullie school dat doet, die actie.'

'Ja,' zegt Bonne. 'Het werd wel eens tijd.'

Iris kijkt naar de naam op het bord. 'Geert vertelde over je vriendin,' zegt ze. 'Is dat haar?' Ze wijst.

'Ja,' zegt Bonne. 'Dat is haar naam.'

'Ik vind het heel erg voor je.'

'Het is al bijna een jaar geleden.'

'Dat maakt niks uit. Of dacht je dat je haar na een jaar vergeten zou zijn?'

'Nee.' Bonne schudt zijn hoofd. 'Dat niet.' Hij kijkt Iris aan. In gedachten is hij vandaag heel veel met Marij bezig geweest. Verdrietig. Hij heeft heimwee naar haar. Naar haar grappige manier van praten. Naar haar gekke invallen. Hij werd soms gek van haar, en ze waren ook wel kwaad op elkaar geweest. Vandaag zou hij er heel wat voor willen geven als hij weer ruzie met haar zou kunnen maken. En daar staat Iris. Hij ziet aan haar dat ze het erg voor hem vindt, dat ze het ook echt meent. En de manier waarop ze hem aankijkt, maakt hem warm vanbinnen.

'Je moet haar ook niet vergeten,' zegt Iris. 'Je hield van haar, toch?'

Daar is Bonne even stil van. Ze was zijn buurmeisje, zijn vriendin. Ze hadden lol, en ze maakten ruzie. Ze deden samen gekke dingen en ze praatten met elkaar. Van haar houden, dat zijn zulke grote woorden.

Hij ziet haar weer voor zich: vrolijk, blonde krullen, eigenwijs.

'We gaan ook een keer echt zoenen, goed?'

'Ja,' zegt hij. 'Ik hield van haar.'

14

In Huizen schijnt de zon en het is ongewoon zacht. Het is al eind november, maar de winter is er in de verste verte nog niet te bekennen. Bonne voelt zich loom. Zware kuiten en een adem die veel te hoog zit. Lusteloos doet hij zijn warming-up.

'Het ziet er niet uit, Bonne,' zegt Victor. 'Ben je ziek of zo?'

'Nee.' Bonne schudt zijn hoofd. 'Ik ben gewoon moe.'

'Je moet je oefeningen energieker doen, anders blijft het zo. En dan trek je zo meteen een paar sprintjes. Echt fel.'

'Dan word ik helemáál moe.'

'Ja, eventjes. Maar als je hersteld bent, voel je je beter. Echt waar, je zult het zien.'

Bonne draait zijn armen wat sneller rond. Maar als hij met zijn vingertoppen naar zijn tenen reikt, zijn zijn benen niet gestrekt, en gaat hij een beetje door zijn knieën.

'Kom op, Bonne,' zegt Victor. 'Sprintjes trekken, drie. En voluit.'

Bonne loopt naar het pad en kijkt of er niemand aankomt. Hij haalt een paar keer diep adem en dan gaat hij. Na een paar meter is hij op snelheid en hij gaat zo hard mogelijk. Vijftig meter verderop laat hij zich uitlopen, hijgend als een karrenpaard. Zijn benen voelen aan alsof ze van lood zijn, en dan van een heel zwaar soort. De volgende twee sprintjes gaat hij dus niet doen. Victor kan hem nog meer vertellen. Hij is alleen. Menno en Ismaël is hij kwijtgeraakt toen hij even de bosjes in moest. Een kwartiertje geleden is hij Geert nog tegengekomen. Hij had zijn wedstrijd al gehad en was met een paar anderen aan het uitlopen.

'Middenmoot,' had Geert met een grijns gezegd. 'Altijd maar middenmoot.'

Iris is er niet. Ze heeft gezegd dat ze niet kon, maar hij had er stilletjes toch op gehoopt.

Achter zich hoort hij geroep en als hij omkijkt, ziet hij de koploper van de C-pupillen aankomen. Een klein, donker jongetje dat met zijn korte beentjes en zijn kleine voetjes het bospad ervanlangs geeft.

'Hou vol, hè,' zegt Bonne, die aan de kant is gaan staan. Het jongetje knikt even en doet er nog een schepje bovenop. Hij ligt zeker vijftig meter voor en de finish is om de hoek. Die gaat winnen. Hij wordt op afstand gevolgd door nog een hele horde hummeltjes. De eersten nog hardlopend, maar de laatsten slepen zich voort. De allerlaatste is van Phoenix. Bart, zijn trainer, loopt naast hem.

'Kom op!' roept Bonne. 'Nog een klein stukje!'

'Ik wil het niet meer,' zegt het jongetje, half huilend.

'Nog eventjes.' Bart houdt de moed erin. 'Als je de finish haalt, mag je een halfuur op mijn schouders zitten.'

'Dat ga ik controleren,' zegt Bonne als ze langskomen.

'Warmlopen jij, topper!' roept Bart over zijn schouder.

Zo voelt Bonne zich voorlopig nog niet, maar wat niet is, kan komen. Dat heeft hij wel vaker gehad: moe en zware benen, en dan in de wedstrijd gaat het opeens weer.

Maar direct na de start merkt hij dat hij er deze keer keihard voor moet knokken. Met veel moeite kan hij bij de kopgroep aanhaken, en halverwege heeft hij het gevoel dat hij zich opblaast.

Hij probeert van alles, maakt zijn passen langer en dan weer korter. Hij zegt tegen zichzelf dat zijn adem veel te

hoog zit. Hij probeert zelfs een tussensprint om zijn tegenstanders te ontmoedigen, maar laat zich weer terugzakken
als hij nauwelijks naast hen komt en verder niet.

Als Marij er was, stelt hij zich voor, als ze daar in de bocht
stond, zou hij haar laten zien wat het is om een echte hard-
loper te zijn, een wolf.

Marij, denkt hij, maar het helpt niet. Er gaat van alles door
zijn hoofd: de bank bij de Drift, haar foto, het beeldje op
het plein, het witte steentje onder haar naam. In de kopgroep versnellen ze, en hij moet ze laten gaan. Ismaël gaat
hem voorbij.

Hij kan zich niet meer op de wedstrijd concentreren. Marij
trekt aan hem, houdt hem bijna tegen. Hij ziet haar blonde
krullen, terwijl ze boven op het duin staat. Hij schudt zijn
hoofd en probeert haar kwijt te raken. Het lukt niet.

Op het laatste stuk naar de finish wordt hij door nog drie
jongens voorbijgelopen. Met een brok in zijn keel komt hij
over de finish, totaal kapot. Even staat hij uit te hijgen, met
zijn handen op zijn knieën. Dan komt hij overeind en hij
loopt weg bij de rest. Alleen.

Victor is zijn trainingspak nog komen brengen, maar toen
hij wilde vragen wat er fout was gegaan, had Bonne hem
weggewuifd. Geen zin in.

Hij zit in het zand, met zijn rug tegen een dennenboom. Aan
de overkant van een kleine zandvlakte komen de c-meisjes
voorbij. Hij kijkt naar hen, maar ziet ze niet echt. De vermoeidheid zakt langzaam weg, maar zijn somberheid blijft.
Hij begrijpt het niet: na een paar maanden verdriet en pijn
begon de herinnering aan Marij vager te worden. Maar nu
lijkt het wel of alles van voren af aan begint. Of hij het allemaal nog een keer moet doormaken. Hij kan er niets aan
doen. Hij ziet haar weer haarscherp voor zich, maar aan de

overkant. Hij kan niet bij haar komen. Hij hoort haar la-chen, hoort haar stem.

'Dat hardlopen van jou, Bonne, kom je dan nog ergens?'

Bij de finish dus, maar niet meer bij haar. Plotseling huilt hij. Hij buigt zijn hoofd, terwijl zijn tranen op zijn knieën vallen en in het zand bij zijn voeten. Hij zit daar maar en het houdt niet op.

'Hé, Bonne.' Hij heeft het niet gemerkt, maar Geert is naar hem toe gekomen. 'Wat is er, man? Ging het niet vandaag?' Ja, nou lijkt het net alsof hij zit te janken omdat hij niet ge-wonnen heeft. Hij schudt zijn hoofd. 'Dat is het niet,' zegt hij zacht.

'Je kunt niet altijd winnen,' zegt Geert toch nog.

'Nee, natuurlijk niet, dat weet ik ook wel. Maar het kwam door...' Hij stopt. Als hij haar naam zegt, begint het weer. Hij haalt zijn neus op.

Geert is even stil. 'Door Marij,' zegt hij dan. 'Ja?'

Bonne knikt. 'Het gaat niet over,' zegt hij.

'Nee,' zegt Geert. 'Dat denk ik ook niet.'

'Nooit meer.'

Geert denkt even na. 'Moet je horen,' zegt hij dan. 'Toen ik een jaar of twaalf was, vertelde mijn moeder me een keer van een jongen met wie ze verkering had. We waren op va-kantie, in Griekenland. We zaten te praten op een bank bij het haventje van het dorp. Mijn moeder, Iris en ik. Mijn moeder en die jongen hielden van elkaar en ze zouden gaan trouwen, vertelde ze. En toen werd hij ziek. Kanker.'

'Ging hij dood?'

'Na een paar maanden.'

Bonne zucht. 'Waarom vertel je me dat nou?' vraagt hij. 'Ik heb geen zin in nog meer sombere verhalen.'

'Luister nou.' Geert legt een hand op Bonnes schouder. 'Ik ben nog niet klaar. We zaten daar op die bank, het was prachtig weer, we hadden vakantie en alles was oké. En toen begon mijn moeder opeens te huilen.'

'Zomaar?'

'Ja, we schrokken ervan, dat snap je.'

'En hoe lang was dat dan geleden, van die jongen?'

'Meer dan vijftien jaar. Ik zei tegen haar dat ze óns toch had, mijn vader en Iris en mij. Dat alles toch weer goed was.'

'Maar waarom huilde ze dan?'

'Dat vroeg ik ook. "Omdat het nooit overgaat," zei ze. "Het blijft altijd een lege plek."'

'Altijd, dat is wel érg lang,' zegt Bonne, met iets van wanhoop in zijn stem.

'Ja, maar toch is het zo. Alles kan weer goed gaan, maar toch blijft er een lege plek.'

Ze zitten even zonder iets te zeggen naast elkaar, terwijl Bonne nadenkt over wat Geert heeft gezegd. Een lege plek, dat is precies wat het is. Bonne ziet in gedachten een grote, lege vlakte, droog en kaal. Op de een of andere manier komt die hem bekend voor, alsof hij er al een keer geweest is.

'En eerst ligt die plek vlak voor je voeten, maar daarna gaat hij steeds meer opzij, en naar achteren, tot hij heel in de verte blijft liggen,' besluit Geert. 'Zegt mijn moeder.' Hij haalt zijn hand van Bonnes schouder. 'Zo, en nu ga je uitlopen, anders word je te koud.'

Ze staan op. Het pad aan de overkant is leeg. Alle C-meisjes zijn gepasseerd.

'Zal ik nog even meegaan?' vraagt Geert.

'Nee, laat maar.' Bonne schudt zijn hoofd. 'Ik zie je wel weer.' Hij steekt het zand over naar het pad. In een heel licht looppasje gaat hij over het parcours naar de finish. Zijn vermoeidheid is weg, en zijn benen voelen bijna weer aan zoals het hoort.

15

'Het is vandaag 17 december,' zegt meester Robbert. Groep acht zit in de kring aan het begin van de dag. 'Morgen is het een jaar geleden dat Marij Rubens is verongelukt. Ze zat wel niet in deze groep, maar iedereen kende haar.'

Hij wacht even, maar niemand zegt iets. Bonne kijkt naar de voeten van Steven, die tegenover hem zit. Steven heeft Nikes aan, nieuwe.

'De school wil dit niet zomaar voorbij laten gaan,' gaat meester Robbert verder. 'Nu en dan ligt er iets bij het beeldje op het plein, en ik hoop dat dat door blijft gaan. Maar morgen gaan we samen iets doen. Iedereen die dat wil, tenminste.'

Mooie witte Nikes, met gele veters. Bonne voelt dat veel kinderen even naar hem kijken, maar hij doet net alsof hij het niet merkt.

'Morgenmiddag na schooltijd krijgt iedereen een waxinelichtje. Dat kunnen jullie dan aansteken en bij het beeldje neerzetten.'

Bonne voelt verdriet en warmte. Verdriet om Marij, en warmte omdat iedereen weer even aan haar denkt. Dat hij merkt dat hij niet de enige is.

'Wil iemand er nog iets over zeggen?'

'Die man van die auto,' zegt Bonne dan opeens. 'Komt die ook?' De warmte verdwijnt en er komt een koude woede voor in de plaats. Het schiet hem ineens te binnen: die klootzak achter het stuur.

Iedereen schrikt, maar niemand die wat zegt. Meester Robbert ook niet. Hij kijkt Bonne aan.

'Met die dikke auto van hem.' Bonnes stem klinkt hard. 'Kan hij meteen vertellen waarom hij zo hard reed. Misschien was hij wel aan het bellen.'

'Bonne...' Meester Robbert steekt zijn hand op, maar Bonne ziet dat niet. Hij heeft al die tijd alleen maar naar de Nikes van Steven zitten kijken.

'En de burgemeester?' gaat hij verder. 'Komt die vertellen dat er nu eindelijk drempels komen? Of hebben we die actie voor niks gevoerd?' Zijn stem is toonloos en bijna zonder gevoel. Zijn woede zit vanbinnen, vlak onder de oppervlakte. 'Alles duurt altijd veel te lang.' De veter van Stevens rechter-Nike is bijna los. Die moet hij even beter strikken voor hij naar buiten gaat, voor hij erover valt. 'Waarom bellen we de burgemeester niet? Dat hij kan komen vertellen dat ze volgende week beginnen.'

'Ja,' hoort hij van verschillende kanten. 'Opbellen, die man.' Nog meer actie, dat zien ze wel zitten.

'Wacht,' zegt meester Robbert. 'Eén ding tegelijk.' Maar de kinderen laten zich niet stoppen. Ze beginnen allemaal door elkaar te roepen.

'Brieven schrijven aan de burgemeester!'

'Nóg een demonstratie!'

'Met zijn allen naar zijn huis toe!'

'De krant bellen, dat het te lang duurt!'

Meester Robbert krijgt de boel met veel moeite weer stil. 'Je hebt gelijk, Bonne,' zegt hij dan. 'Natuurlijk. Maar er is beloofd dat ze zo gauw mogelijk gaan bekijken of die drempels er kunnen komen.'

'Zo gaat het altijd!' roept Bonne kwaad. 'Vergaderen, vergaderen, bespreken, nóg een keer vergaderen of de drempels er misschíen komen. We moeten gewoon elke dag bellen!'

'Luister.' Meester Robbert zucht. 'Vooruit,' zegt hij dan. 'We blijven erbovenop zitten. Beloofd. Maar eerst gaan we morgen lichtjes neerzetten, goed?' Hij kijkt naar Bonnes gebogen hoofd. 'Bonne?'

Bonne knikt.

'Oké.' Meester Robbert haalt een keer diep adem. 'Afgesproken. Zeg het ook thuis, allemaal.'

Bonne doet zijn hoofd omhoog. 'Je veter zit los,' zegt hij tegen Steven.

Het is een sombere middag de volgende dag, maar in de hoek van het plein wordt het steeds lichter. Alle kinderen van de school zetten een lichtje neer. Er staan ouders bij het hek. Het is niet echt stil, maar wel rustig. Soms roept een kind iets. Sommigen praten zacht met elkaar.

Bonne staat met zijn handen in zijn zakken naar de groeiende plek van licht te kijken. Daar gaat Eddie, met zijn ouders. Ze zetten hun lichtje bij de andere en blijven even staan. Het wordt voor een paar seconden bijna helemaal stil. Eddie houdt de hand van zijn moeder vast. Dan draaien ze zich om en lopen het plein af. Iedereen doet een paar stappen achteruit om hen door te laten, zodat het lijkt of ze door een brede, lege gang lopen. Bonne ziet hoe verdrietig en eenzaam ze zijn. Hij doet een paar stappen naar voren, totdat hij tegenover hen staat.

'Ik denk heel veel aan Marij.' Meer weet hij niet te zeggen.

Marijs moeder glimlacht door haar tranen heen. 'Dat weet ik,' zegt ze. Ze legt even een hand op zijn hoofd. 'Dank je wel.'

Marijs vader geeft hem een hand. 'Kom nog eens langs,' zegt hij. 'Je bent al zo'n tijd niet meer geweest. Als je wilt, tenminste.'

Bonne knikt. Misschien moet hij dat toch maar weer eens

doen. Hij kijkt hen na. Er komen ook andere mensen naar hen toe. Ouders bij het hek, meester Robbert en meester Lucas. Ze zeggen iets, of ze geven een hand.
'Eddie!' roep Bonne.
Eddie kijkt om.
'Heb je een mooie fiets gekregen?'
'Een rooie!' roept Eddie.
Een paar kinderen in de buurt kijken Bonne raar aan. Zoiets roepen, dat doe je toch niet? Niet nu?
'Hij was jarig,' zegt Bonne. Hij weet ook niet waarom hij het opeens riep. Het gebeurde gewoon.

Als het aan het eind van de middag bijna donker is, gaat Bonne nog even terug naar school. Het waait haast niet en de meeste lichtjes branden nog. De vlammetjes doen het beeldje oplichten. Er staan een paar andere kinderen en het egeltje ligt er ook nog steeds.
Bonne kijkt naar de plek van licht.

'Zullen we een kampvuur maken?'
'Het heeft geregend, Marij. Al het hout is nat.'
'Nou ja, dan verzamelen we vast wat. Dan kan het drogen in het fort.'
'Denk je dat dat mag, vuur maken in het bos?'
'We gaan toch niet meteen het hele bos in de fik steken? Zoek nou maar.'

Ze hadden afgevallen takken bij elkaar gezocht en zolang in de hut gelegd. Dat was twee dagen voordat de auto, tien seconden te laat, de bocht om was gekomen. Die takken liggen er nu nog steeds.
Alle andere kinderen zijn weg. Er gaat een kleine rilling over Bonnes rug, terwijl hij naar het beeldje kijkt. De vlammetjes bewegen in het donker. Hij draait zich om en loopt naar het hek.

16

De volgende dag gaat Bonne in de voortuin op zoek naar een mooie, witte steen. Midden in de tuin is een kleine vijver, met aan de rand een watervalletje. Het water stroomt over een paar kleine rotsblokken en valt dan in de vijver. Via een ondergrondse leiding wordt het weer omhoog gebracht, naar de waterval. Dat gaat steeds maar door. Bonne staat er even naar te kijken.

'Alles gaat altijd door.'
'Hoe bedoel je, Marij?'
'Nou, net als die waterval van jullie.'
'Ja, maar: alles?'
'De tijd, bijvoorbeeld. Als er een uur voorbij is, gaat het naar het heelal.'
'Naar het heelal...'
'En daar sluit het achteraan in de rij. Tot het weer aan de beurt is.'
'Wat jíj toch allemaal verzint...'

Als er nou eens een uur terugkwam, met Marij erbij. Al was het er maar één.
Maar nee. Het zou kunnen dat elk uur terugkomt, maar dan wel als een heel nieuw uur. Als een lege bladzij in een schrift.
Naast het watervalletje ligt een vierkantje tuin met grote, witte kiezelstenen. Bonne zoekt een mooie platte steen uit. Binnen spoelt hij hem schoon onder de kraan, en dan, als

hij op zijn kamer is, zet hij er met een fijnschrijver zijn naam op. Hij gaat aan zijn bureautje zitten en scheurt een vel papier uit een blocnote.

Lieve Marij,
Ik weet niet waar je bent, maar ik schrijf je toch. Ik ben soms nog verdrietig, al gaat het verder eigenlijk wel goed.
Ik had je verteld van Geert, mijn nieuwe vriend. Hij heeft een zus, die Iris heet. Misschien wordt ze een vriendin van me. Ik hoop dat je dat niet erg vindt.
Ik breng een steen met mijn naam erop naar je toe.
Dag,
Bonne

Hij vouwt het papier op en steekt het in zijn zak. Dan staat hij op. Hij pakt de foto van Marij van de muur en houdt hem vlak voor zijn ogen.
Wat is ze mooi en wat lacht ze lief.
Hij buigt zijn hoofd en zijn tranen vallen in haar ogen.

Op de begraafplaats is niemand. Boven de weilanden buitelt een zwerm spreeuwen in de wind. De wieken van de molens draaien.
Bonne loopt langs het graf van Geert Standaard. Er staat een vaas met een verse bos bloemen. Iris heeft het niet over haar opa gehad, bedenkt hij. Toch zal zij ook wel eens naar zijn graf gaan. Misschien heeft zíj die bloemen er neergezet. Hij raakt ze even aan en dan loopt hij door. De wind waait de laatste bladeren van de grote rode beuk.
De steen op Marijs graf is schoongeveegd, en er ligt een nieuwe roos. Het witte steentje is weg. Iemand moet gedacht hebben dat het zomaar een toevallig steentje was.
Bonne staat aan de rand van het pad. Hij haalt het papier uit

zijn zak, vouwt het open, en terwijl boven hem meeuwen roepen leest hij de brief hardop voor. Zijn stem dwaalt over de stille grafstenen, en Bonne verbeeldt zich dat hier en daar de oren worden gespitst.

Als hij klaar is, gaat hij op zijn hurken zitten. Hij haalt een lepel die hij van huis heeft meegenomen tevoorschijn en graaft een kuiltje in het zand naast de steen. Als het diep genoeg is, legt hij het weer opgevouwen papier erin. Hij schuift het zand er weer overheen en drukt het aan. Dan pakt hij de steen en hij legt hem naast Marijs naam. Marij en Bonne.

Hij gaat staan en kijkt ernaar.

'Die zijn samen de zee overgestoken. Die horen bij elkaar.'

Als hij naar huis fietst, heeft hij voor het eerst sinds Marijs dood een rustig en voldaan gevoel.

17

Van het kerstfeest van vorig jaar kan Bonne zich niet veel meer herinneren. Het was een paar dagen na de begrafenis van Marij. Er was een kerstspel en een kerstverhaal. Er was versiering met lampjes. Het kindje Jezus was geboren en Marij was dood.

Thuis had hij urenlang op zijn kamer gezeten. Hij had bij zijn raam gestaan en naar buiten gekeken. Naar opzij, naar het raam van Marijs kamer.

Dit jaar is het weer anders. Niet dat Marij vergeten is, maar er wordt nog maar heel af en toe over haar gepraat. Wel over veiligheid en een actie voor verkeersdrempels. Dat gaat door, na de kerstvakantie. Maar bij de kerstviering gaat het net als andere jaren over de stal, de herders, en vrede op aarde. Engelen uit de hemel.

Achter in de zaal zitten ouders. Bonnes vader is er. De ouders en de oma van Marij heeft Bonne ook gezien. Eddie doet mee met het kerstspel. Een klein herdertje met een theedoek op zijn hoofd.

Bonne droomt een beetje weg. Hij ziet het bos, de zandhelling waar Geert en hij nu al een paar keer getraind hebben. Hij ziet het fort van Marij en hem. En dan is het weer de wedstrijd van volgende week, de Sylvestercross. Een zware wedstrijd met op het eind een venijnige klim door het mulle zand, heeft hij gehoord.

Op het podium verschijnt een engel. Wit, gazen vleugels, en om haar hoofd een gouden band met een ster.

Als de oma van Marij gelijk heeft, is Marij nu ook een engel. Maar engelen in kerstspelen zijn verklede kinderen die een tekstje opzeggen, met hun trotse ouders op de achterste rij. Zouden er echt engelen bestaan? Bonne weet het niet. Als Marij opeens tevoorschijn zou komen om een tekst op te zeggen, dán wist hij het zeker. Als ze boven aan de laatste klim zou staan.

'Kom op, Bonne! Kom naar me toe!'

Dat zou ze naar hem roepen, als hij halverwege de klim was. Hij zou zijn tegenstanders met gemak achter zich laten, en winnen. Ze zou trots op hem zijn. Maar ze zou ook heel erg moeten lachen, want de start aan het begin van de ronde is nog geen twintig meter verderop. Hij heeft twee kilometer door het bos moeten zwoegen om vlak bij het beginpunt uit te komen. Dat was iets wat ze altijd gek zou blijven vinden.

Juffrouw Els van groep twee speelt op de piano het voorspel van het slotlied: 'Eer zij God in onze dagen.' Bonne heeft geen hekel aan zingen en hij heeft best een leuke stem. Maar nu kan hij het even niet voor elkaar krijgen. Gloria in excelsis Deo, me hoela. Met Marij als engel erbij, dán misschien. Nu niet.

De volgende schooldag, de laatste voor de vakantie, hangt er maar zo'n beetje bij. Kerstversieringen van de muur halen, kerstbomen naar de container, met zijn allen nog een stuk kerstbrood eten en een mandarijn, en dan naar huis. Twee weken vakantie.

Buiten is het niet al te koud en bewolkt. Over twee dagen is het eerste kerstdag, en een witte kerst zal het weer niet worden.

Bonne kijkt naar de lucht als hij over het plein loopt. Sneeuw is natuurlijk leuk, maar het liefst heeft hij dat het weer de hele week blijft zoals het nu is. Nogal saai, maar ideaal om te trainen. Twee keer op de baan en dan nog zelf in het bos. Met Geert.

'Prettige vakantie, jongens!' Groep acht neemt voor korte tijd afscheid.

'Zullen we naar de film gaan?'

'Woensdag schaatsen!'

'Alvast gelukkig nieuwjaar!'

'Heb jij vuurwerk?'

Behalve Bonne zit niemand van school op atletiek. Het is alleen maar voetballen of paardrijden.

'Ga je nog iets leuks doen, Bonne?' Maina komt naast hem lopen.

'Ja, de Sylvestercross.'

'Wat is dat?'

'Een hardloopwedstrijd, in het bos. Grote wedstrijd, hoor.'

'Nou, ik ben benieuwd. Kom je in Studio Sport?'

'Dat nou ook weer niet.'

'Zet hem op, hè? Neem je je medaille mee, als je gewonnen hebt?'

'Goed.' Bonne lacht. Maina is oké. 'Mag je hem even om.'

'Cool! Nou, prettige vakantie.'

'Ja, jij ook.'

Ze loopt naar het hek.

Het beeldje van Marij staat stil en alleen in de hoek van het plein. Geen lichtjes meer. Maar het egeltje ligt er nog. Bonne legt er nog wat verdwaalde bladeren overheen.

'Slaap lekker,' zegt hij.

Het is maar een klein clubje dat naar de atletiekbaan is gekomen om te trainen. Alleen de crossers zijn er. Alle B-, C-, en D-junioren in dezelfde groep. Geert is er ook, en daar is Bonne blij om. Niet alleen om Geert zelf, maar omdat Iris dan misschien naar de wedstrijd komt kijken als Geert meedoet. Hij heeft haar niet meer gezien na die middag van de actie, maar zo nu en dan duikt ze op in zijn gedachten.

Op hun dooie gemak loopt het groepje tijdens de warmingup rondjes op het gras van het middenterrein, in het licht van de schijnwerpers.

'Ben je er klaar voor?' vraagt Geert, die naast Bonne is komen lopen.

'Ik voel me goed.'

'Het wordt zwaar, jongen. Ken je de cross?'

'Nee.' Bonne schudt zijn hoofd. 'Dit is de eerste keer.'

'Nou, maak je borst maar nat. Afzien wordt het.'

'Lekker juist. Net iets voor mij.'

'Ik weet nou al dat ik onderweg in elkaar zak,' zegt Esther, die vlak achter hen loopt, naast Ismaël. 'Het is een achterlijk zware wedstrijd.'

'Dan doe je toch níét mee,' zegt Ismaël.

'Mijn vader zegt dat het goed voor me is. Voor mijn karakter, zegt hij.'

'Lekker makkelijk gezegd. Gaat hij zelf aan de kant staan kijken zeker.'

'Nee nee, hij doet ook mee. Met de prestatieloop. Hij gaat negen kilometer doen. Dus die kunnen ze halverwege oprapen.'

'Kring vormen, jongens.' Victor gaat oefeningen doen.

Van dat soort gesprekjes. Een kabbelende avond. Ontspannen oefeningen en een rustige intervaltraining, tweehonderdjes. En dan ook nog de eerste week van de vakantie. Het leven kan soms zo prettig zijn.

'Eigenlijk moeten we van de week ook nog een keer het bos

in,' zegt Victor. 'Voor het gevoel. Een stuk met klimmen erin.'

'Ja, maar niet weer helemaal in het Bolkerbos.' Esther protesteert. 'Veel te ver fietsen.'

'Als jij iets beters weet,' zegt Victor.

'Ik wel,' zegt Geert. 'Vlak bij het dorp. Leuk stukje bos met klimmetjes en zand. Waar of niet, Bonne?'

Bonne voelt even onwil. Hij wil niet dat iedereen in zijn bos gaat hardlopen. Het bos is van Marij en hem en hij wil het plan tegenhouden. Maar hij doet het niet. Het bos ís helemaal niet van Marij en hem. Het komt ook omdat hij er met Geert is geweest. En net zo snel als zijn verzet opkwam, verdwijnt het weer.

'Ja,' zegt hij. 'Het is veel dichterbij. Kennen jullie dat niet? Ik loop er wel vaker. Lekker rustig.'

'Waar is het dan precies?' vraagt Victor.

'Het dorp door, en dan een paar honderd meter voorbij de bocht van de Drift. Er is een parkeerplaatsje. Kan niet missen.'

'Oké, morgenmiddag, twaalf uur. Iedereen heeft vakantie, toch?'

Ja, dat heeft iedereen. Morgen gaan de bikkels van Phoenix in het bos trainen.

18

Het kan geen afgesproken werk zijn, maar als Bonne en Geert bij het parkeerplaatsje komen, staat daar de Mercedes van de blauwe trainingspakken.

'De afdeling topsport is er ook weer,' zegt Geert.

'Nee, hè.' Bonnes goede humeur zakt meteen een stuk in. 'Niet nog een keer.'

'Laat ze.' Geert kijkt om. Twee jongens van zijn groep komen aanfietsen. Berend en Sjoerd, bomen van kerels. 'Met deze twee spierbundels erbij kunnen ze ons niets maken.'

'Nee.' Toch kijkt Bonne ongerust naar het bos. En hij voelt ook weer iets van zijn woede van de vorige keer terugkomen. Het dreigende gezicht van de man en zijn grote handen. *Moet je een klap op je bek hebben soms?* Domme agressie.

Er komt nog een auto de parkeerplaats op rijden. Het is Victor, met Mieke, Esther en Ismaël. 'Leuke plek,' zegt Victor, terwijl hij uitstapt. 'Dit ken ik helemaal niet. Wie heeft dat hier neergezet?'

'Dit is een oud en eerbiedwaardig bos, grapjas,' zegt Geert. 'Ouder dan jij en ik bij elkaar. En er is een lekker parcours uitgezet, dat dan weer wel.'

'Laat maar eens zien.'

Ze gaan het bos in en passeren het zijpaadje naar het fort. Bonne kijkt onwillekeurig naar rechts. Geen trainingspakken. Hij moet zich bedwingen om niet even te gaan kijken of die bolle er nog een keer is geweest. Sinds die keer met Geert is Bonne zelf bij het fort weggebleven.

'Voor je kijken, Bonne,' zegt Geert. 'Hij is er niet.'

'Wie niet?' vraagt Esther.

'Oh, niemand,' zegt Bonne vaag.

'Natuurlijk, ik snap het. Niemand is er niet.'

'Ja, laat maar zitten.'

'Oké, goed. Ik laat niemand zitten, geen probleem. Niet te hard, Victor.'

Bonne schiet in de lach. Hij knipoogt naar Geert. Zo iemand als Esther heb je soms gewoon even nodig. En opeens weet hij ook wat hij gaat doen na de training. Het idee komt uit het niets in hem op, en het is volkomen voor de hand liggend. Het is een goed plan, en hij voelt zich meteen een stuk beter.

Net als de vorige keer nemen ze tien keer de zandhelling. Niet op volle snelheid, maar gewoon lekker pittig omhoog.

'Hé, Bonne,' zegt Ismaël, tijdens een rustige afdaling. 'Zaterdag hou ik je weer bij, jongen.'

'Vergeet het maar. Dat was een vergissing, hoor, de vorige keer. Zaterdag ben ik weer in topconditie.'

'Ik hou je gewoon bij, ik zweer het je.'

'Goed. Ik zal zo nu en dan even achteromkijken.'

'Nog één keer naar boven en ik ga dood,' zegt Esther.

Heel even flitst de gedachte aan Marij door Bonnes hoofd, maar ze is net zo snel weer weg. Soms is doodgaan niet meer dan een uitdrukking.

'Dit is echt ideaal.' Victor loopt naast Geert voorop als ze in een licht dribbelpasje verdergaan. 'Hoe wist je dit?'

'Van Bonne. Wij trainen hier wel vaker. Heb je niet gezien hoe schuin sommige bomen staan? Komt door de zuiging.'

'Oh?' zegt Berend. 'Ik dacht dat het kwam omdat je er steeds uitgeput tegenaan leunde.'

'Hallo,' klinkt een stem achter hen. 'Mogen we er even langs?'
Bonne kijkt om. De blauwe trainingspakken.
'Daar zijn ze,' fluistert hij.
'Even aan de kant, jongens.' Victor doet een stapje opzij, de anderen ook, en de man en de vrouw hobbelen met rode hoofden voorbij. Bonne zegt niets, maar Geert kan het even niet laten.
'Gaan we zó langzaam?' zegt hij zacht, maar toch verstaanbaar. De man kijkt kwaad om, maar er zijn te veel bomen van kerels. Hij kiest eieren voor zijn geld, al horen ze hem twee bochten verder nog foeteren.
'Bedoelde je die?' vraagt Esther nieuwsgierig.
'Ja,' zegt Bonne. 'Dat was niemand, met zijn vrouw.'

Een uur of twee later, als de schemering invalt, gaat Bonne voor de tweede keer die dag naar het bos. Hij heeft een stapeltje oude kranten en een doos lucifers bij zich. Het is windstil. Op het water van de Drift drijven twee futen. Soms roepen ze naar elkaar en dan opeens is een van de twee onder water verdwenen. Het kan zomaar dat hij dan twintig meter verder pas weer bovenkomt. De bank in de bocht is leeg, net als de parkeerplaats bij het bos.
Tussen de bomen is het nog wat donkerder, ziet Bonne als hij het pad af loopt. Hij heeft het gevoel dat hij op een belangrijke missie is. Dat hij iets gaat doen wat erg belangrijk is. Marij kijkt naar hem. Ze vindt het waarschijnlijk jammer dat ze niet mee kan doen met fikkie stoken, maar natuurlijk geeft ze Bonne groot gelijk dat hij het dan maar alleen gaat doen.
Hij gaat het zijpad in, tot aan het eind. Zo te zien zijn er verder geen mensen meer geweest. De struiken staan er net als anders. Geen gebroken takken, geen vieze zakdoekjes, ook

niet bij het fort. Het bergje zand, met takken en bladeren erover, ligt er nog net zo bij als de vorige keer.

Binnen in het fort is het bijna donker. Het stapeltje hout dat Marij en hij hebben verzameld ligt er gewoon nog! Er is echt niemand geweest al die tijd.

'Nu moeten we het een tijd laten liggen, tot het helemaal opgedroogd is.'

'Maar dan vindt iemand anders het misschien.'

'Nee, natuurlijk niet, Bonne. Niemand weet het. Het is ons geheim.'

'Maar...'

'Zeg toch niet altijd "maar". Deze plek is beschermd, ik weet het zeker.'

Bonne draagt het hout naar buiten en stapelt het op boven de hoop zand. Met de punten van de takjes tegen elkaar, als een indianentent, met genoeg ruimte tussen de takken. Dunne takjes aan de binnenkant. Van de kranten maakt hij losse proppen en hij schuift ze van verschillende kanten tussen het hout. Hij staat op en kijkt naar de stapel. Dit is een plechtig moment.

Hij gaat op zijn knieën zitten en steekt de proppen papier aan. Voorzichtig blaast hij het vuurtje aan. De dunne takjes vatten knetterend vlam en het vuurtje speelt even met de dikkere stukken hout, voordat ook die mee gaan doen.

Bonne gaat staan en kijkt naar de vlammen. Het vuur maakt de besmeurde plek naast de hut schoon, en het is meteen een erevuur voor Marij. Dat werd wel eens tijd.

Het hout is hier en daar nog een heel klein beetje vochtig, en het rookt. De rook gaat recht omhoog, tussen de takken van de bomen door en dan de lege lucht in. Ergens is Marij, ze ziet het.

'Een vuur, Bonne. Mooi.'
'Het is voor jou. Zie je het?'
'Ja, ik zie het. Dank je wel.'

Bonne krijgt tranen in zijn ogen, maar dat kan ook door de rook komen.

19

Op vrijdag 30 december, de dag voor de Sylvestercross, begint het in de middag te sneeuwen. Kleine, korrelige vlokjes, die je eerst nog bijna kunt tellen, maar al snel worden het er meer. Bonne loopt ongerust de tuin in. De weerberichten waarschuwen voor veel sneeuw, een sneeuwstorm zelfs. En de volgende ochtend misschien ijzel. Een beetje sneeuw is niet erg voor de wedstrijd, maar een heleboel misschien wel. En ijzel zou kunnen betekenen dat ze niet de weg op kunnen met de auto.

Bonne kijkt naar de lucht. Die is helemaal loodgrijs geworden. Dit is niet zo best. Hij vindt sneeuw fijn, maar morgen even niet. Waarom kan dat niet een dag wachten? Dit geloof je toch bijna niet! Pure pech is het.

'Ha, Bonne! Sneeuw, leuk!' Eddie komt aanlopen. 'Er komt een heleboel, zeggen ze.'

'Ja.' Bonne wilde net chagrijnig en wel weer naar binnen gaan, maar nu blijft hij staan.

'Het blijft liggen, hè?'

'Zo te zien wel, ja.' Het waait nogal, dus de vlokjes blijven niet liggen waar ze vallen, maar de sneeuw hoopt zich al op tegen de stoeprand.

'Hé, Bonne, ik wou je wat vragen.'

'Zeg op.'

'Mama was op het kerkhof, bij Marij.'

'Ja?'

'En toen zag ze dat jij er een steen had neergelegd. Met je naam erop.'

97

'Ja, dat heb ik gedaan. Vond je moeder het niet goed?'
'Juist wel. En nou wil ik het ook doen.'
'Goed idee.' Bonne kijkt naar zijn arm. De mouw van zijn jas is wit gespikkeld. Dat gaat hard.
'Maar ik heb geen steen. Geen witte, en op een andere zie je mijn naam niet staan.'
'Kom.' Bonne wenkt en loopt naar het vak met de witte kiezels in zijn tuin. 'Dan zoeken we er een voor je.'
Ze gaan naast elkaar op hun hurken zitten. Bonne veegt de sneeuw, die al tussen de steentjes blijft liggen, weg. 'Zoek maar uit,' zegt hij.
'Mag dat wel van jouw papa?'
'Tuurlijk, jij wel. En het is voor Marij.'
Eddie gaat met zijn vingers door het steenperkje, net zo lang tot hij er een heeft gevonden met een platte bovenkant.
'Dit is een goeie,' zegt hij. 'Hè, Bonne?'
'Heel goed,' zegt Bonne. 'Heb je thuis een stift?'
'Een doos vol.' Eddie veegt de steen droog.
'Moet je een zwarte nemen. En dan schrijf je je naam erop: Eddie, meer niet.'
'Nee.' Eddie schudt zijn hoofd en gaat weer staan. 'Ik zet er "Edje" op. Dat zei Marij altijd tegen me: "Edje".'
'Ja,' zegt Bonne. 'Edje Autopedje.'
'Edje Pielepetetje.'
Ze lachen.
'Ik mis haar wel,' zegt Eddie. 'Ze was wel klierig soms, maar je kon ook met haar lachen.'
'Reken maar,' zegt Bonne.
'Nou, ik ga hoor.' Eddie draait zich om. 'Als het blijft sneeuwen, gaat papa met me sleeën vanavond.'
'Goed, man.'
'Bedankt, hè, voor je steen.' Eddie loopt de tuin van zijn huis in, en gaat achterom. Bonne blijft nog even staan. Hij kijkt

naar de straat en de stoep, waar steeds meer sneeuw blijft liggen. Als dat maar goed gaat.

Het journaal van acht uur maakt hem alleen maar somberder: sneeuwstorm in de nacht en ijzel in de ochtend. En ook nog het advies om niet de weg op te gaan. 'Dag wedstrijd,' mompelt hij. Dagen en weken heeft hij ernaartoe geleefd, en uitgerekend één dag ervoor komt er een sneeuwstorm langs. Daar word je toch gek van?
'Tja.' Zijn vader schenkt een nieuwe mok koffie in. 'Dat ziet er niet goed uit. Wordt zo'n wedstrijd wel eens afgelast?'
'Weet ik niet,' zegt Bonne, terwijl hij chagrijnig zijn schouders ophaalt.
'Als het zo glad is, kun je er toch ook helemaal niet heen.' Zijn moeder gaat zich ermee bemoeien.
'Het lijkt wel of jullie niet willen dat het doorgaat,' valt Bonne uit. Slaat nergens op, maar hij flapt het eruit.
'Ik gun je elke wedstrijd, dat weet je heus wel,' zegt zijn moeder sussend. 'Maar als het ijzelt, gaan jullie echt de weg niet op.'
De telefoon gaat. Victor.
'Niks van te zeggen,' zegt hij. 'De voorspelling is dat het in de loop van de nacht vanuit het zuidwesten gaat dooien. In Zeeland regent het al, maar ik weet niet hoe hard dat opschiet. Pak in ieder geval je spullen in. Ik bel je morgenochtend om halfacht, oké?'
'Oké.' Bonne legt de telefoon neer. 'Het regent in Zeeland. Victor belt morgen om halfacht.' Hij loopt naar het raam en kijkt door een kier in de gordijnen naar buiten. Alles is inmiddels wit. In het licht van de lantaarnpaal voor het huis ziet hij een sneeuwgordijn dat zonder ophouden langsjaagt. Hoe ver weg is Zeeland?

's Nachts loopt hij een wedstrijd in een bos waar de paden haast niet meer te zien zijn. Het gaat fantastisch en hij loopt alleen op kop. Bij een kruispunt aarzelt hij. Er is niemand, en bordjes met de goede richting ziet hij niet. Alles is bedekt met een dikke laag sneeuw en er valt steeds meer. Ergens achter de jagende sneeuwvlokken klinkt een stem.

'Hierheen, Bonne. Deze kant op!'

Deze kant op? Kwam die stem nou van ergens recht voor hem? Hij kan naar links, naar rechts of rechtdoor. Hij kijkt om. Achter hem is ook niemand. Waar zijn zijn tegenstanders? Ligt hij zo ver voor?
Hij telt af: iene miene mutten, tien pond grutten... Links en rechts vallen af, maar rechtdoor kan niet meer. Daar kwam volgens hem die stem vandaan, maar opeens ligt de sneeuw daar meer dan een meter hoog. Er zit maar één ding op: terug. En dat was natuurlijk de vierde mogelijkheid. Hij haast zich het pad langs, maar het gaat steeds moeilijker. Hij glijdt om de haverklap uit. De puntjes onder zijn spikes zijn te kort. Hij komt bij een heuveltje en hij moet op handen en knieën naar boven kruipen. Boven staat Ismaël, met een slee naast zich.
'Waar was je nou?' zegt hij. 'Stap op.'
Bonne gaat achter Ismaël op de slee zitten en ze razen de helling af. Links en rechts schieten andere sleeën tussen de bomen door. Kijk, daar gaat Edje Mierelemetje ook. Bonne zit weer in de wedstrijd. Onder aan de heuvel staan ze stil.
'Trekken, Bonne!' roept Ismaël. 'Jij bent de snelste!'
Bonne springt van de slee af en pakt het touw. Ismaël blijft lekker zitten, terwijl Bonne verder zwoegt. Voor hem uit ziet hij een eindeloze rij sleeën, die hij allemaal nog voorbij

moet. Zo nu en dan haalt hij er een in, maar hij ziet er steeds meer.

'Erlangs!' roept Ismaël achter hem. 'Je kunt het!'

Aan de rij sleeën voor hem lijkt geen eind te komen. Dit gaat hij niet redden. Waarom helpt Ismaël niet mee?

'Deze keer hou ik je bij!' roept Ismaël. 'Ik zweer het je!'

Naast het pad staat een man met een apparaatje in zijn hand. Bonne ziet niet wat het is. Een soort fototoestel? Het piept aan één stuk door. Hij kijkt opzij, en dan valt hij. De slee schuift door en Ismaël valt over hem heen. Het gepiep gaat maar door.

'Snel, opstaan!' roept de man. 'Je moet opstaan.'

Bonne probeert Ismaël van zich af te slaan, maar het lukt niet. Wat is die gast vervelend bezig, zeg. En dat apparaatje maar piepen.

'Opstaan!' roept de man weer. Hij grijpt Bonne bij de schouder, maar Bonne kan niet overeind komen.

20

'Opstaan, Bonne!' Zijn vader schudt hem aan zijn schouder heen en weer. 'Hoor je de wekker niet?'

Bonne werkt zich onder zijn kussen en zijn dekbed uit en kijkt zijn vader verschrikt aan. Op het nachtkastje staat zijn wekker heel irritant te piepen.

'Bijna halfacht, en het is gaan dooien,' zegt zijn vader. 'Het is een kleffe boel buiten, maar het gaat wel door, denk ik. Zo meteen belt je trainer. Hup, in de benen.'

Dooi! Bonne gaat uit bed en schuift de gordijnen open. Er ligt nog sneeuw, maar de kleur is grauwer, niet meer helwit. Er is iemand naar de schuur gelopen en de voetstappen zijn donker. Het miezert een beetje. Die wedstrijd gaat door, zeker weten.

Beneden gaat de telefoon en de wekker geeft op de minuut af halfacht aan. Pietje-precies, Victor.

'Bonne?' Zijn moeder, onder aan de trap.

'Ja, ik kom eraan!'

Bonne voelt het als hij de trap af gaat met twee, drie treden tegelijk: hij voelt zich goed, vol energie. Misschien is het de opluchting.

'Hallo, Victor.'

'Ha, Bonne, wat zei ik je? Het is gaan dooien.' Alsof hij er persoonlijk voor gezorgd heeft.

'Ja, Victor, goed gedaan.'

'Ik ben om kwart over acht bij je.'

'Goed. Hé, Victor, denk je dat het parcours glad is?'

'Reken daar maar op.'

'Want ik heb alleen maar korte spikepuntjes.'

'Ik kijk wel even of ik nog wat heb. Ga lekker ontbijten, en pak een extra warme trui in. En een muts, voor na de wedstrijd. Hoe voel je je?'

'Kiplekker, man.'

'Heel goed. Tot straks.'

'Het is toch niet glad op de weg, hè?' Zijn moeder komt de kamer in.

'Het dooit, mam. Kijk maar naar buiten.'

'Ik kijk toch even op teletekst. Wat wil je eten?'

'Heb je witbrood?'

'Ik heb nog een paar witte bolletjes van eergisteren.' Bonnes moeder zet de televisie aan. 'Maar ik heb liever dat je bruin brood eet.'

'Daar ga ik van aan de poeperij onder het lopen, dat weet je toch. Ik pak ze zelf wel.' Bonne is zo hyper als een Duracell-konijntje. Hij stuitert naar de keuken, pakt twee witte bolletjes en smeert er pindakaas op.

'Geen gladheid,' zegt zijn moeder, als hij de kamer weer in komt.

'Zei ik toch!'

Bonne propt het brood in zijn mond en gaat naar zijn kamer om een extra trui in zijn tas te doen. Voor de zoveelste keer controleert hij of alles erin zit: T-shirt, wedstrijd-hemd, korte broek, dunne sokjes, spikes. Klopt.

Hij kijkt naar buiten. Er hangen druppels aan de boomtakken. Het dooit behoorlijk.

'Er staat thee!' roept zijn moeder onder aan de trap.

Thee. Drinken. Hij moet zijn drinken nog pakken. Hij loopt met zijn tas de trap af en gaat de kelder in om twee flesje Aquarius te pakken. Zaten zijn spikes nou in zijn tas of niet? Hij kijkt. Ja, dat had hij al gezien.

'Check check, dubbelcheck,' zegt hij. 'Niets aan het toeval overlaten.'

Veiligheidsspelden? Shit, veiligheidsspelden vergeten. Hij rent de trap weer op. In zijn kast staat een doosje met een voorraadje speldjes. Hij neemt het mee naar beneden.

'Doe toch eens rustig,' zegt zijn moeder. 'Je thee wordt koud.'

'Kan ik niet, rustig.' Bonne pakt zijn theeglas. 'Dit is de belangrijkste dag van het jaar.'

'Net op tijd,' zegt zijn vader. 'Morgen begint er een nieuw jaar.'

'Hoe laat is het?'

'Kwart voor acht. Ga douchen.'

'Ja ja.' Laatste slok thee en hup, weer naar boven.

Pas als hij onder de douche staat, komt hij een beetje tot rust. Hij schiet in de lach als hij aan zijn droom denkt. Meestal vergeet hij waar zijn dromen over gingen, maar deze keer weet hij het nog. Lekker slimme jongen, die Ismaël. Fijn blijven zitten en commando's geven.

Bonne laat met gesloten ogen het water over zijn gezicht stromen. Rustig nu, ontspannen. Zou Iris komen? Hij heeft het niet aan Geert gevraagd. Vergeten.

En Marij? Die kijkt ook, hij weet het opeens zeker. Omdat hij dat graag wil. Vanaf haar plek, ergens.

Hij kijkt naar zichzelf in de spiegel als hij zijn tanden staat te poetsen. Wie staat daar? Daar staat de kanjer van de Sylvestercross, barstensvol energie. Hij trekt zijn trainingspak aan, sweater eronder, kamt zijn haar met zijn vingers en gaat weer naar beneden. Vijf voor acht, nog twintig minuten.

'Bonne, doe me een lol en ga even zitten. Ik word helemaal zenuwachtig van je.' Zijn vader doet zijn ogen dicht en laat zijn krant even zakken. 'Word je niet zo langzamerhand gek van jezelf?'

'Echt wel,' zegt Bonne, die alleen maar zo'n beetje in de kamer heen en weer drentelt. 'Maar je moet ook gek zijn om met dit weer in het bos te gaan hardlopen.' Hij kijkt voor de zoveelste keer binnen vijf minuten op de klok. Eén minuut en twintig seconden over acht. De tijd is ingesmeerd met stroop.

Hij wil dit gevoel vasthouden. Als hij zich straks net zo voelt als nu, gaat hij als een razende het hele parcours opvreten. Drie minuten over acht.

Hij zet zijn tas in de gang bij de deur. Weer een halve minuut.

'Ik ken je gewoon niet terug,' zegt zijn moeder. 'Zo onrustig ben je nooit voor een wedstrijd.'

'Dit is niet "een" wedstrijd, dit is de Sylvestercross,' zegt Bonne, terwijl hij naar het raam loopt om voor de zoveelste keer naar buiten te kijken. 'Het betere werk.'

'Ik heb het begin van die vergadering in Amsterdam weten uit te stellen.' Bonnes vader vouwt zijn krant op. 'Je start om tien uur, toch?'

'Zoiets.'

'Nou, dat red ik wel. Ik schreeuw je naar de overwinning.'

Het is inmiddels negen over acht en de auto van Victor stopt voor de deur. Victor komt liever te vroeg dan te laat.

'Daar is-ie!' Bonne haast zich naar de gang om zijn jack aan te trekken.

'Hier.' Zijn moeder geeft hem een plastic zakje met een paar boterhammen en een Mars. 'In je tas.' Victor belt aan. 'En een mandarijn,' zegt ze.

Achter in de auto zitten Ismaël, Esther en Mieke. Esthers vader is zeker geschrokken van het slechte weer.

'Waar is je vader nou?' vraagt Bonne.

'Die komt later. Hij moest de hond nog uitlaten.'

'En Geert? Is die er niet?' vraagt Bonne aan Victor. Geen Iris ook, dus.

'Geert komt met een andere auto,' zegt Victor. 'Met Berend en Sjoerd. De B-junioren starten vandaag een halfuur later.' Hij trekt op.

Bonne zwaait naar zijn moeder, die in de deuropening staat. Bij de buren zijn de gordijnen nog dicht. De slee van Eddie staat naast de deur. Die heeft gisteravond nog een leuk ritje gehad.

'Ligt je slee achterin, Ismaël?' vraagt hij.

'Mijn slee? Ik heb geen slee. Hoezo dan?'

'Lekker ben jij.' Bonne vertelt zijn droom. 'Ik maar sjouwen met dat ding en jij lekker achterop zitten. En een commentaar!'

Iedereen lacht en iedereen is opgewonden, als bij het begin van een schoolreisje. Het is droog. Langs de weg ligt nog sneeuw tussen de bomen en in de weilanden, maar de weg is schoon.

'Heb je nog spikepuntjes gevonden?' vraagt Bonne.

'Een heel blikje vol.' Victor trommelt met zijn vingers op het stuur. 'Ik draai ze er straks wel even in.'

Het is lekker warm in de auto en de motor snort tevreden. Gisteren leek het hele feest niet door te gaan, maar alles is precies op tijd goed gekomen.

21

Het is nog niet al te druk bij het clubhuis, waar de start-
nummers afgehaald moeten worden, en ze staan met een
paar minuten weer buiten.

'Ik ben mijn veiligheidsspelden vergeten,' zegt Esther.

Victor kijkt haar hoofdschuddend aan. 'Ik had het nog aan je
willen vragen,' zegt hij. 'Maar ik dacht: ze is zo langzamerhand groot genoeg om er zelf aan te denken.'

'Ja, maar het komt door de zenuwen.'

'Oh, zitten die bij jou in je hersens?'

'Ja, waar anders? Mijn hersens zitten stikvol met zenuwen.
Vooral vandaag.'

'Ik heb wel spelden voor je,' zegt Bonne. 'Ik was ze ook
bijna vergeten.'

'Dank je wel.' Esther slaat hem op zijn schouder. 'Veiligheidsspelden van de kampioen zelf. Nu kan het niet meer
fout gaan.'

'Speld de nummers even bij elkaar vast,' zegt Victor. 'Geef
je spikes, Bonne.'

'Heb je voor mij ook?' vraagt Ismaël.

Victor telt de puntjes in zijn doosje. 'Net genoeg voor jullie
tweeën,' zegt hij.

'Ik hoef niet,' zegt Mieke. 'Ik kan niet lopen op die dingen.
Ze zijn te lang voor mij.'

'Ja, voor je kleine voetjes.' Bonne is echt top vandaag, nog
net zoals vanochtend vroeg. Zijn hoofd is helder en zijn
hart jaagt opgewekt en wel zijn bloed door zijn lijf.

'Let jij maar eens op, straks,' zegt Mieke, 'wat die kleine voetjes allemaal kunnen.' Mieke heeft het ook, echt wel.

De nummers zitten vast en de puntjes zitten in de spikes. 'Doe ze nog maar even in je tas,' zegt Victor. 'Straks pas aantrekken, anders heb je voor de start al natte voeten.'

Ze lopen op hun gemak naar het wedstrijdparcours. Eerst een spoorlijntje oversteken en dan het bos in. Er ligt nog wat sneeuw, maar door de dooi is het een kleffe boel geworden.

'Nou, lekker zeg.' Esther kijkt met een vies gezicht om zich heen. 'En dan te bedenken dat ik ook nog in mijn bed had kunnen liggen.'

Ze moeten klimmen om bij de startplek te komen: een heuvel aan de rand van een zandverstuiving.

'Kom op, mensen,' zegt Victor. 'Positief blijven. Leg je tas maar bij die boompjes, dan gaan we inlopen.'

'Ze meent het niet zo.' Ismaël duwt Esther tegen haar schouder. 'Eigenlijk is dit wat ze het liefste doet: hardlopen in een modderig bos.'

'En languit in de blubber terechtkomen, lekker,' zegt Esther. 'Moeten we die kant op?'

Ze lopen in een kalm gangetje door het zand, naar de eerste bocht. Vlak voor hen lopen nog meer lopers van Phoenix. Pupillen, met Bart, hun trainer.

'Bart!' Victor roept hem. 'Kun jij deze twee even meenemen?' Hij wijst naar Esther en Mieke. 'Die lopen hetzelfde parcours als jullie. Dan gaan wij de grote ronde bekijken.'

'Oké,' zegt Bart. 'Kom maar, meiden. Gezellig met je ouwe trainer. Net als vroeger.'

'Dag!' Esther wuift naar Ismaël. 'Wij gaan lekker het korte rondje doen.'

'Ja, hoor. Vlieg niet uit de bocht, met je fantastische snelheid.'

'Pas jij maar op jezelf!'

Esther en Ismaël zijn maatjes, al een tijd, en volgens Bonne zouden ze zomaar verliefd op elkaar kunnen zijn. Maar misschien bewaren ze dat voor later, dat kan ook.

'Let op, jongens.' Victor gaat het parcours bespreken. 'We gaan kennismaken met het bos. Heel belangrijk.'

Het wordt een leerzaam rondje, met nuttige aanwijzingen: 'Hier een ruime bocht, bij die stapel boomstammen vandaan.' En: 'Op dit stuk moet je in het midden blijven lopen. Aan de zijkanten is het gladder.'

Overal op het parcours zijn groepjes atleten. Iedereen loopt een beetje te glibberen. Troep, troep, troep, en Bonne is blij dat hij straks langere puntjes onder zijn spikes heeft.

Een haakse bocht naar links. 'Kijk, je kunt links van die boom de kortste weg nemen, maar dan moet je dwars door de blubber. Neem hier maar een ruime bocht, en dan rechts erlangs.'

Op een gegeven moment moeten ze een geasfalteerd fietspad oversteken. Er zijn daar kunststof matten neergelegd vanwege de spikes.

'Ha, Bonne!' Daar is Geert, met Sjoerd en Berend. Ze hebben zojuist hun startnummer opgehaald. Geen Iris te zien.

'Wat een takkezooi hier,' zegt Geert. 'Echt iets voor de crossexperts.'

'Ja.' Berend knikt. 'En dat ben ik gelukkig niet. Ik ben hier alleen maar om mijn karakter te trainen. Ik richt me op het halen van de finish, meer niet.'

'We gaan verder, jongens,' zegt Victor.

Ze gaan op weg naar de eerste klim.

'Iris loopt hier ook ergens rond!' roept Geert Bonne nog achterna.

Yes! Bonne balt even zijn vuist.

'Wie is Iris?' vraagt Ismaël.

'Oh, de zus van Geert.' Het klinkt net even iets te onverschillig.

'Is dat je meisje?'

'Nee, man.'

'Het zou toch kunnen.'

'Let op die boomwortels, jongens,' zegt Victor. 'Ze zijn haast niet te zien.'

Ze zijn bij een tamelijk steil klimmetje aangekomen. Boomwortels komen boven het zand uit, dwars op het pad, maar er liggen ook sneeuwresten. Voorzichtig en half glijdend gaan ze weer omlaag. Zonder spikes ben je hier sowieso kansloos. Een eindje verder zijn er twee klimmetjes vlak na elkaar.

'Hier kun je winst halen,' zegt Victor. 'Dit eerste klimmetje ga je met korte passen omhoog, en in de afdaling versnel je zoveel dat je in de tweede klim nauwelijks snelheid verliest.'

Bonne kijkt om zich heen. Misschien loopt Iris hier in de buurt.

'Bonne, let je op?'

'Ja ja,' zegt Bonne haastig. 'Versnellen in de afdaling en dan als een dolle over de volgende berg heen. Ik hoorde je, hoor.'

'Hij zoekt zijn meisje,' zegt Ismaël.

'Echt niet.'

Het parcours is afwisselend. Lange rechte stukken over brede paden, en dan weer smalle stukjes met venijnige klimmetjes. En na achttienhonderd meter, als ze het bos weer uit zijn, en als ze denken dat ze het bijna hebben gehad, komt het zwaarste stuk. Mul zand, kleine bulten in het parcours, en als toetje een steile klim naar de finish.

'Zo, dat hebben ze lekker uitgezocht.' Bonne staat onder aan de klim en kijkt omhoog.

'Als je hier bent, maakt het niet meer uit,' zegt Victor. 'Boven heb je nog een meter of twintig en dan ben je er. Die laatste paar honderd meter, als je het bos uit komt, gooi je alles eruit. Gaan, gaan en nog eens gaan.'

'Als een wolf,' zegt Bonne.

'De hele wedstrijd als een wolf, maar vanaf de bosrand als een jachtluipaard. Alleen maar versnellen.'

'Als ik dat dan nog kan,' zegt Ismaël met een bedenkelijke blik.

Achter de heuvel klinkt een schot.

'De eerste start,' zegt Victor. 'C-pupillen. Nog een halfuur. Zorg dat je warm blijft.'

Ze doen hun oefeningen bij een groepje bomen naast het parcours. In hun buurt staan gespannen ouders op de eerste pupillen te wachten. Esther en Mieke komen de helling af.

'Ze zijn gek,' zegt Esther. 'Met die heuvel aan het eind. Het is gewoon misdadig.'

'Maak jij je nou maar lekker kwaad.' Ismaël stoot haar aan. 'Dan ga je straks extra hard.'

'Ja, vast.' Ze begint fanatiek met haar armen te zwaaien en Ismaël doet voor de zekerheid een stapje achteruit.

'Bonne, hoi!'

Bonne kijkt op. Daar staat Iris, boven aan de klim.

'Geert zei al dat je er was,' zegt Bonne als hij boven is.

'Ja, ik wilde jullie heldendaden wel eens van dichtbij bekijken.' Iris wrijft in haar handen. 'Niet zo erg warm hier.'

'Nee, je moet wel in beweging blijven.'

Ismaël, Mieke en Esther zijn doorgelopen, maar uit zijn ooghoeken ziet Bonne dat Esther nog even omkijkt. Hier gaat hij nog iets over horen zo meteen.

Iris staat er kleurig bij: een knalrood jack en een lichtblauwe muts in de kleur van haar ogen. Wintersportlaarzen met brede randen van kunstbont. En rode wangen.

'Wat sta je te kijken?' Ze lacht. 'Ik had toch gezegd dat ik zou komen als Geert meedeed?'

'Ja ja,' zegt Bonne haastig. 'Ik vind het gewoon leuk dat je er bent.'

'Ga je winnen, denk je?'

'Hmm.' Hij zuigt even de lucht tussen zijn tanden door. 'Er zijn veel goede lopers, en het parcours is zwaar. We zijn net even wezen kijken. Maar als jij nou hard genoeg aanmoedigt...'

'Oh, moet ík het doen? Pas op.' Ze trekt hem aan zijn arm een stukje opzij. De eerste C-pupillen komen puffend en blazend de heuvel op.

'Nee,' zegt Bonne. 'Ik moet het helemaal zelf doen.'

'Ik sta er, hoor. Ik schreeuw de longen uit mijn lijf. En nu ga ik even in het bos kijken.'

'Het is glad overal, kijk uit.'

'Laat dat maar aan deze stoere meid over. Zet hem op!' Ze steekt haar hand op en gaat de heuvel af, de laatste zwoegende C-pupillen tegemoet.

22

'Was ze dat?'
Ja hoor: Esther met haar eigenwijze neus.
'Wie?' vraagt Bonne onschuldig.
'Hallo, Bonne, hier aarde. De zus van Geert, natuurlijk.'
'Oh, eh... ja.'
'Ze ziet er leuk uit.'
'Ja, vind je?'
'Erg leuk. Zie je haar vaak?'
Achter hen wordt weer gestart.
'Je moet je spikes aantrekken, Esther,' waarschuwt Mieke.
'Nog tien minuten.'
Esther aarzelt nog even, maar dan loopt ze met Mieke mee.
'Ze is wel een beetje nieuwsgierig,' zegt Ismaël vergoelijkend. 'Maar ze bedoelt het goed.'
'Ja, vast wel.' Bonne schudt zijn hoofd. 'Een beetje, zei je?'
Hij kijkt nog een keer om. Het rode jack is niet meer te zien.
Dan loopt hij naar zijn tas om zijn spikes te pakken. Nu geen gedoe meer aan zijn hoofd. Nu alleen maar de wedstrijd.
Als ze bij het groepje bomen aankomen waar hun tassen staan, worden de D-meisjes naar de start geroepen.
'Kom op, Esther, Mieke!' roept Bonne nog. Hij kijkt ze na, en dan ziet hij het meisje van Atverni weer, met de blonde krullen.
Hij heeft vandaag nauwelijks aan Marij gedacht, en nu is ze er opeens weer. Maar deze keer voelt het anders. Ze is er, er-

gens in het bos. Of boven het bos. Of achter de eerste de beste boom. Ze kijkt. Die gedachte doet hem goed.

'Meer dan veertig deelnemers, heb ik gehoord,' zegt Ismaël.

'Shit.' Hij trekt de veter van zijn rechterspike in de knoop.

'Zenuwachtig, jochie?' vraagt Bonne.

'Jawel, maar dat is juist goed. Daar ga ik alleen maar harder van lopen.' Ismaël probeert de knoop met zijn tanden los te maken.

Bonne ziet verschillende bekende gezichten om zich heen. Een paar jongens van Hellas, Altis, BAV en OSM. Allemaal tegenstanders die hij al eerder is tegengekomen en van wie hij kan winnen als hij goed is. Die kleine rooie van Fit is er ook. Als Bonne en hij elkaar aankijken, lachen ze allebei even. Aardige vent misschien, maar Bonne wil hem vandaag niet voor zich uit zien lopen.

Maar al met al zijn er meer onbekende dan bekende gezichten. Uit het hele land zijn ze op deze wedstrijd afgekomen.

'Snelle jongens,' zegt Ismaël. 'Die zijn hier gekomen om te winnen. Maar dan kennen ze mij nog niet.' De knoop is bijna los.

Achter hen klinkt het startschot voor de D-meisjes.

'Naar de start, jongens,' zegt Victor, die komt teruglopen.

'Nog één,' zegt Ismaël. De knoop is eruit.

'Zoek een goeie plek uit, vooraan. Ik ga het parcours op.' Victor haast zich de heuvel af. Die loopt zo bij stukjes en beetjes zijn eigen wedstrijd.

Als Bonne bij de start komt, ziet hij de meisjes honderd meter verderop een scherpe bocht nemen. Onder aan de startheuvel komen ze teruglopen. Mieke loopt voorin, en Esther niet eens zo ver daarachter. Nog een eindje verder naar achteren de blonde krullen.

'Zet hem op,' mompelt hij, zo goed als onhoorbaar.

'Ik ben er klaar voor.' Ismaël is naast hem komen staan. 'Ik vreet ze allemaal op.'

Bonne reageert niet. Hij schudt zijn benen en beweegt zijn hoofd heen en weer om de spieren in zijn nek soepel te houden. Langzaam aan verdwijnt alles om hem heen naar de achtergrond.

'Nog twee minuten,' zegt de starter.

Bonne kijkt strak voor zich uit. Een lege zandvlakte ligt voor hem, nog hier en daar wit door de sneeuw. Vanaf de start naar de overkant loopt een spoor van voetstappen van de vorige races.

In zijn hoofd wordt het wit en stil. Hij ziet Marij, op de foto op zijn kamer. Lachend, haar krullen in de wind, boven op het duin, met de zee achter haar. Hij haalt een paar keer diep adem en hij stroomt vol met energie.

Er komt een rood jack bij, zwart haar, blauwe ogen. Iris. Aan de overkant van de zandvlakte staan mensen. Bonne herkent Geert, Berend en Sjoerd. Ze staan op hem te wachten. Hij steekt even zijn hand op, zonder te weten of ze hem zien.

'Nog één minuut.'

Bonne beweegt alleen nog zijn vingers. Hij voelt de kou niet. Ergens achter hem hoort hij aanmoedigingen. De D-meisjes naderen de klim naar de finish, maar hij kijkt niet om. Hij hoort het straks wel.

Goed, die lange punten onder zijn spikes. Misschien gaan ze een deel van het verschil maken. Nog één keer diep ademhalen.

'Halve minuut.'

Bonne buigt zich iets voorover, één voet naar achteren. Stil, helemaal stil.

Het startschot.

23

Vanaf nu is er lawaai om hem heen. Geschreeuwde aanmoedigingen van de mensen langs de kant. Gehijg van lopers. Geruis in zijn hoofd.

De eerste honderd meter gaan door het zand, maar ook omlaag. Het tempo ligt direct hoog, omdat iedereen zo goed mogelijk bij de eerste bocht wil uitkomen. Er zijn jongens die deze eerste inspanning niet te boven zullen komen, of ze moeten op hun gemak achteraan blijven lopen. Maar Bonne kan dit. Razendsnel van start gaan en dan in staat zijn om op het eerste vlakke stuk na het zand weer te herstellen.

Voordat ze de zandvlakte over zijn, merkt hij al dat er meer tegenstand is dan anders. Het lukt hem niet om als eerste van het zand af te zijn. Vlak voor hem lopen twee grote jongens in een oranje shirt. Ze maken zich breed, en als hij erlangs wil, moet hij er helemaal omheen. En die twee lopen nog niet eens op kop. Hij komt als achtste bij de eerste bocht.

'Kom op, Bonne!' De stem van Geert. 'Laat je niet wegduwen!'

Nee, hij laat zich niet wegduwen, zeker niet. Links blijven, buitenbocht. Rechts liggen die boomstammen. Achter die oranje gasten blijven. Hij blijft vlak achter ze lopen. Een van de twee kijkt even snel om. Hij duwt een laaghangende sparrentak, die half over het pad hangt, van zich af. Hij houdt hem even iets te lang vast en laat hem dan los, zodat de tak met volle kracht terugzwiept. Bonne krijgt hem vol in zijn gezicht. Hij slaakt een kreet van schrik en ziet even niets meer. In minder dan tien seconden wordt hij door een handvol anderen gepasseerd. De kleine rooie van Fit is er ook bij.

Blijf kalm, zegt Bonne tegen zichzelf. Laat je niet opnaaien. Hij beheerst zich met moeite en concentreert zich. Het parcours loopt hier iets af, en klimt dan weer. Hij past op elk stuk de lengte van zijn passen aan en begint aan een geleidelijke maar zekere inhaalrace. Met zijn boosheid als brandstof.

Na een haakse bocht naar links komt een breed pad zonder bochten. Twee man heeft hij inmiddels weer ingehaald, zonder al te veel te versnellen. Hier en daar staan mensen langs het parcours, maar Bonne ziet geen rood jack.

Niet op rode jacks letten. De wedstrijd. Er zijn nog een stuk of tien lopers voor hem. Dit stuk is niet glad, maar daar is opnieuw een haakse bocht naar links. De bocht met de keuze tussen links langs de boom of rechts.

Goeie ouwe Victor. Bonne kiest zoals afgesproken de ruime bocht, rechts langs de boom, en vermijdt de glibberige modderplas. Twee man gepasseerd. Heel snel kijkt hij om. Daar is Ismaël, een paar plaatsen achter hem.

Na de bocht is het pad nog steeds breed, en iets aflopend. Overal langs het pad liggen boomstammen en hij ruikt de geur van gezaagd hout. Hij gaat weer iemand voorbij. Niet te haastig nu, het gaat goed zo. Een stukje voor hem uit ziet hij de twee oranje shirts. Misschien gaat hij vandaag niet winnen, maar díé gaat hij zeker te grazen nemen.

En dan ziet hij zijn vader bij de matten staan. En zijn moeder! Zijn moeder is er ook! Ze staan bij Geert, Sjoerd en Berend, die dwars door het bos zijn gelopen om hem nog een keer aan te moedigen.

'Kom op, Bonne! Naar voren!' Zijn moeder staat te springen van opwinding.

'Laat je niet kisten, Bonne!' roept Geert. 'Je kunt ze allemaal hebben!'

Bonne is er niet zeker van dat hij ze allemaal kan hebben, maar die jongen in het rood voor hem is hij al aan het inhalen. En hij komt ook dichter bij het oranje. Hij zal zijn moeder eens even wat laten zien.

Daar is de klim met de verraderlijke boomwortels. Hij wordt heel even opgehouden door een jongen die struikelt en bijna valt, maar in de afdaling komt hij weer op snelheid. Een bocht naar links, en daarna weer naar rechts. Als hij die door is, kan hij een flink stuk voor zich uit kijken. Hij ziet dat hij inmiddels weer achtste is, maar de afstand met nummer een is kleiner dan hij gedacht had.

Langere passen, het kan hier. Het pad is hier en daar glad, maar hij heeft er nauwelijks last van. Lange puntjes, dank je wel, Victor.

De twee klimmetjes na elkaar. Als hij in de eerste van de twee bijna boven is, ziet hij Victor zelf staan. Omlaag. Versnellen, en dan diezelfde versnelling vasthouden in de tweede klim. Zoals afgesproken. Bovenaan is hij zevende.

'Ellen van Langen!' roept Victor, de man van weinig woorden. De laatste honderd meter van de olympische finale in 1992. Nog meer versnellen. Alleen maar benen.

Een kleine honderd meter verder is weer een klim, en als hij die heeft gehad, is hij vijfde. De twee oranje shirts lopen nog steeds bij elkaar, een stukje voor hem uit. Meter voor meter loopt hij in. Wolf.

Geen rood jack te zien langs het parcours, maar om hem heen is Marij, al die tijd. Dwaalt rond door het bos, verbaasd dat Bonne zó hard kan lopen. Heeft nog nooit van Ellen van Langen gehoord, maar lange benen, dat kent ze wel.

'Gaan, Bonne! Ik ben om elke hoek.'

Op het volgende rechte stuk is het pad smal. Daar kan nauwelijks ingehaald worden, en de situatie blijft even zoals die is. Iedereen herstelt zo goed mogelijk van de heuvels die ze achter de rug hebben, maar het tempo blijft hoog.

Dan komt een scherpe bocht naar links, en hij kan even omkijken. Drie man vlak achter hem. Het blauwe shirt van Fit. En Ismaël! *Ik hou je gewoon bij, ik zweer het je.*

Het pad is hier breder. Hij kan weer inhalen. Eén man gaat hij voorbij en dan loopt hij vlak achter de oranje shirts. Ze lopen aan de linkerkant van het pad, zodat ze bij de volgende hoek de binnenbocht kunnen nemen. Bonne kiest de andere kant, en als ze linksaf gaan, duikt hij vanaf de buitenkant de bocht in. Zijn snelheid is groter dan die van de anderen, en na de bocht is hij een van hen voorbij. De jongen die dat geintje met die tak uithaalde is hem nog voor. En dáárvoor is de koploper, de loper in het wit. Niet meer dan een meter of dertig. Alles is nog mogelijk!

Hij wil omkijken om te zien of Ismaël nog achter hem loopt. Nee, niet doen, Bonne. Je ziet het straks wel. Omkijken kost tijd. Wat vóór je ligt, daar gaat het om.

Het parcours gaat nu alleen nog maar onophoudelijk omhoog en omlaag, langs een hek. Het is hier glad. Boomwortels. Niet versnellen bij het klimmen, maar bij het dalen. Die versnelling helpt hem elk volgend klimmetje op, en het kost minder energie.

Ze komen het bos uit. Het laatste, zware stuk. Zand. Esther en Mieke langs het pad.

'Bonne, Bonne! Erlangs, Bonne!' Ze zijn zelf nog maar een paar minuten geleden gefinisht, maar ze gillen zich de longen uit hun lijf. 'Vooruit, Bonne. Winnen!'

En daar is Victor ook weer. Die is als een razende het bos

door gesjeesd, om hem nog één keer vooruit te schreeuwen.

Maar dat doet hij niet, schreeuwen. Niks voor Victor.

'Jachtluipaard.' Dat is alles wat hij zegt als Bonne voorbijkomt.

Twintig meter voor hem uit is een smalle doorgang. Daar moet hij die oranjeman voorbij zijn. Het jachtluipaard versnelt, maar de oranjeman wil niet gepasseerd worden. Hij wijkt iets uit naar rechts en geeft een stoot met zijn elleboog. Bonne schrikt en houdt onwillekeurig in. Wat een eikel is dat! In de smalle doorgang is hij nog steeds derde, maar daarna is het pure kwaadheid die hem voorbij zijn tegenstander helpt gaan.

Gaan? In een streep schiet hij erlangs, en de jongen in het wit is opeens helemaal binnen bereik.

'Bonne, je kunt het!' Hoor zijn moeder eens. Daar staat ze weer. Rood van opwinding en haar haar in de war. 'Kom op, Bonne!'

Hij volgt de jongen in het wit nu op de voet, naar de laatste klim.

'Om elke hoek!'

En daar, boven aan de helling, precies op de plek waar ze voor de start ook stond, ziet hij het rode jack van Iris. Daar staat ze. Ze balt haar vuisten en ze roept.

'Gaan, Bonne! Alles!'

Het gevoel dat hij vanochtend al had, net nadat hij was opgestaan, barst opeens los. Ontploft.

Alles kan. De jongen in het wit is een goede loper en hij gaat voluit. Maar voor Bonne is hij geen partij. Het jachtluipaard versnelt nog meer. Elke pas is raak. Als in een roes gaat hij de helling op en hij schiet het rode jack voorbij.

'Alles, Bonne!'
Boven aan de klim nog dertig meter. De finish.
Hebbes!

24

Achter hem klinkt een kreet: 'Yes!'
Bonne kijkt om. Ismaël is ook over de finish. Hij is achter de jongen in het wit als derde geëindigd. Ze grijpen elkaar bij de schouders.
'Wat zei ik je?' hijgt Ismaël. 'Ik blijf bij je. Eén en drie, goed jongen!'
Ze lopen de fuik van de finish door, naar de tassen. Bonne krijgt schouderklopjes van wildvreemde mensen. Hij voelt zijn moeheid niet. Dat komt later wel.
'Gefeliciteerd.' De jongen in het wit legt een hand op Bonnes schouder.
'Bedankt.'
De oranjeman loopt zonder iets te zeggen voorbij.
'Hé, onsportief mannetje!' roept Ismaël hem na. 'Dat doe je niet weer, hè!' Hij heeft precies gezien wat er gebeurde. De jongen reageert niet. 'Ach, het maakt ook niks uit. Je wint toch niet!'
'Laat hem maar.' Bonne schudt zijn hoofd. 'Het lulletje van de week.'
'Gelijk heb je.' De andere jongen in het oranje steekt zijn hand uit. 'Een lulletje met een hoofdletter is het, en ik kan het weten. Gefeliciteerd.'
'Ja.' Bonne wil nog wat terugzeggen, maar hij wordt bijna ondersteboven gelopen.
'Goed, man!' Iris is hem achterna gekomen. Ze staat hem zo enthousiast op zijn schouder te meppen dat hij er bijna

scheef van gaat staan. 'Jeetje, wat ging jíj hard!'

Ze kijken elkaar lachend aan. Hij vindt het echt geweldig dat ze er is.

'Bonne!' Victor, Esther en Mieke komen aanrennen. 'Hé, Bonne, kampioen!' Mieke valt hem om zijn nek.

'Ik ga dood,' hijgt Esther. 'Ben ik nóg een keer die rotheuvel op gerend. Maar evengoed gefeliciteerd.'

'Wat hebben jullie gedaan?' vraagt Ismaël.

'Derde,' zegt Mieke. 'En elfde.' Ze wijst naar Esther. 'Toch, Esther?'

'Klopt.' Esther lacht. 'Goed van mezelf. Het wordt nog wel eens wat.'

Iris staat er zo'n beetje bij te kijken, maar Esther gaat naar haar toe om haar een hand te geven.

'Ik ben Esther,' zegt ze. 'Goed is-ie, hè? Ben jij Geert zijn zus?'

'Ja.' Iris kijkt haar verbaasd aan.

'Dat zei Bonne al. Ben jij...?' Ze stopt. Misschien is ze nu wel iets te brutaal.

'Ja, Geert zijn zus. Dat zei ik toch al?' zegt Bonne haastig. Hij loopt met Iris naar de tassen, om zijn spikes uit te trekken.

'Waar ben jij vanavond met oud en nieuw?' vraagt Iris, als de anderen hen niet meer kunnen horen.

'Gewoon, thuis.'

'Kom je nog even gelukkig nieuwjaar wensen? Mag je nog weg van je vader en moeder?'

'Zeg!' Bonne kijkt haar zogenaamd beledigd aan. 'Ik ben bijna twaalf. En kampioen.'

'Oké.' Ze lacht. 'Kom je nog even langs, grote kerel?'

'Goed.'

Het gesprekje is alweer voorbij. Victor komt eraan, en een eindje achter hem Bonnes vader en moeder.

Nog meer klappen op zijn schouder, stompen tegen zijn arm, halfdood geknuffeld. Dat hoort erbij als je wint.

'Ik ben zo trots op je, lieverd,' zegt zijn moeder. 'Ik zag je uit het bos komen en ik was helemaal...' Ze stopt en drukt hem nog een keer tegen zich aan.

'Voorzichtig,' zegt Bonnes vader. 'We moeten nog oud en nieuw vieren vannacht.'

'Ja.' Ze laat Bonne los en veegt even snel over haar ogen.

Hij kijkt om zich heen. Ja hoor, ze staan allemaal te grijnzen, lekker. Maar oké, het is fijn dat ze is gekomen. Dat doet ze haast nooit.

'Uitlopen, jongens.' Victor maakt een eind aan de huldiging. 'Trek iets aan.'

'Hoe laat moet jij?' vraagt Bonne aan Geert.

'Over een kwartier.' Geert kijkt op zijn horloge. 'Twee ronden.'

'Ik ga je zien.'

'Oké, man.' Geert, Berend en Sjoerd gaan nog een paar oefeningen doen om warm te blijven. Bonne en Ismaël trekken hun trainingspak aan en gaan met Esther en Mieke het bos weer in. Maar Bonne blijft een stukje achter. Hij wil even alleen zijn. Terugdenken aan de laatste paar honderd meter van de wedstrijd. Proberen dat gevoel nog even terug te krijgen. Het lukt niet. Hij heeft een hartstikke voldaan gevoel, maar de opwinding is weg.

Hij dribbelt maar zo'n beetje heen en weer, terwijl de anderen al pratend bij hem weglopen.

Was Marij er echt? Hij weet bijna zeker dat hij haar gehoord heeft. Dat ze hem voorttrok naar elke volgende bocht.

Hij kijkt om zich heen. Een hoop mensen, en geen Marij. Natuurlijk niet, dat kan ook niet. Toch was ze er, hij weet het zeker.

25

Twaalf uur geweest. De nacht is vol vuurwerk en nieuw-jaarswensen. Mensen op straat, mensen die elkaar een hand geven of links-rechts-links in de lucht zoenen.
Bonne gaat de deur uit, op weg naar Iris en Geert.
'Doe je voorzichtig?' roept zijn moeder hem na in de deur-opening. Dat zal ze dus ook in het nieuwe jaar gaan doen. Toch is het al heel wat dat ze hem midden in de nacht nog weg laat gaan, al is het voor hooguit een uurtje.
Hij is weer helemaal wakker. Halverwege de avond dacht hij dat hij twaalf uur niet zou halen en zijn ogen dreigden steeds dicht te vallen.
'Ga anders een paar uurtjes naar bed,' had zijn moeder ge-zegd. 'Dan maak ik je om kwart voor twaalf wakker.' Maar dat was zijn eer te na, natuurlijk. Dat was vroeger. Hij had zijn ogen opengesperd, en na een tijdje was de slaap weer verdwenen.
'Bonne!'
Hij kijkt opzij. Eddie staat in de tuin, met zijn vader en zijn moeder. Ze kijken naar het vuurwerk. Bonne aarzelt heel even, dan gaat hij naar hen toe.
'Gelukkig nieuwjaar,' zegt hij, als hij Marijs ouders een hand geeft.
'Jij ook, Bonne. De beste wensen. Gaat het goed met je?'
'Jawel.' Bonne knikt. 'Ik heb vanmiddag een grote cross ge-wonnen.'
'Gefeliciteerd.'

Ze zeggen even niets. Een beetje een ongemakkelijke stilte, midden tussen de knallen in.

'Jij kan hardlopen, hè?' zegt Eddie dan.

'Zo hard als de wind.' Bonne lacht naar hem. 'Harder dan jij op je nieuwe fiets.'

'Wedstrijdje doen?' zegt Eddie.

'Goed. Overdag dan, natuurlijk.'

'Kom je nog een keer langs?' vraagt Marijs moeder. 'Ik heb nog een paar foto's van Marij voor je. Als je die wilt hebben, tenminste.'

'Ja,' zegt Bonne. 'Dat wil ik wel. Morgen?'

Ze glimlacht. 'Dat zou ik fijn vinden,' zegt ze.

'Ja, want ik heb nu een afspraak.' Bonne voelt in zijn jaszak. 'En ik ga nog even langs het schoolplein.'

'Naar het beeldje van Marij,' zegt ze.

'Ja. Ik moet iets ophangen.'

'Ik heb mijn steen neergelegd, hoor,' zegt Eddie. 'Met mijn naam erop. Naast die van jou.'

Bonne knikt. 'Nou, dan ga ik maar,' zegt hij. 'Tot morgen.'

'Tot morgen,' zeggen ze. Ze staan met zijn drieën dicht tegen elkaar aan.

In de buurt van school lopen hier en daar nog mensen op straat, maar het plein is leeg. Het egeltje ligt nog bij het beeldje van Marij. Het is nat en verfomfaaid. Bonne wringt het zo goed mogelijk uit.

'Ik weet een droog plekje voor je, egeltje,' zegt hij. 'Op mijn kamer, weet je nog?' Hij gaat het in de buurt van Marijs foto neerleggen, neemt hij zich voor. Uit zijn andere jaszak haalt hij zijn startnummer van die middag. Hij vouwt het uit en maakt het met een paar touwtjes die hij heeft meegenomen vast aan het hek achter het beeldje. Nummer 1614. Hij kijkt om zich heen. Niemand in de buurt.

'Heb je me gezien, Marij?' zegt hij dan. 'Je was er, hè? Zag je hoe hard ik ging?'

Marij knikt lachend, heel ver weg.

Bonne legt zijn hand even op het hoofd van het beeldje.

'Gelukkig nieuwjaar,' zegt hij.

Dan gaat hij het plein weer af.

In de straat waar Geert en Iris wonen staat een groep mensen als Bonne komt aanlopen.

'Ha, Bonne!' roept Geert. 'Kampioen! Gelukkig nieuwjaar.'

Hij pakt Bonnes hand en pompt die enthousiast op en neer.

'Het looptalent van de eeuw,' zegt hij tegen de mensen naast hem. Buren waarschijnlijk, of zijn ouders. Bonne weet zich even met zijn figuur geen raad. Met zijn ogen zoekt hij naar Iris, maar hij ziet haar niet.

'Ik heb het verhaal gehoord,' zegt een man. 'Je ouders zullen wel trots op je zijn.' Hij geeft Bonne een hand. 'Ik ben de vader van Geert.'

'Ja,' zegt Geert met een zuinig lachje. 'Over mij haalt hij zijn schouders op, omdat ik niet bij de eerste dertig geëindigd ben.'

'Tja.' Zijn vader maakt een zogenaamd verontschuldigend gebaar.

'Maar dat ik twee keer die rotheuvel op geweest ben, daar hoor ik hem niet over.'

'Een heuvel? Daar heb je niks over gezegd. Daar weet ik niks van.'

'Had je moeten komen kijken.'

'Tja.' Nog een keer.

Het wordt allemaal grijnzend gezegd. Die twee kunnen goed met elkaar overweg.

'Bonne!' Daar is Iris. Ze komt de voordeur uit. 'Daar ben je. Heb je vuurwerk bij je?'

'Nee.' Bonne schudt zijn hoofd.

'Daar heeft hij vanmiddag al voor gezorgd,' zegt Geert. 'Volop.'

'Nou!' Iris staat tegenover Bonne. 'Dat was wat.'

Ze kijkt hem even aan en slaat dan haar armen om zijn hals.

'Gelukkig nieuwjaar,' zegt ze. Ze kust hem, links-rechts-links, en niet in de lucht.

Vuurwerk.